Ex-libraire d'origine new-yorkaise, Sara Gran vit à Los Angeles. Elle est l'auteur de *Viens plus près* et de *Dope*. *La Ville des morts*, le premier roman d'une série mettant en scène l'enquêtrice Claire DeWitt, a reçu le Prix du Meilleur Roman des lecteurs de Points. Ses aventures se poursuivent à San Francisco dans *La Ville des brumes*. Sara Gran travaille à leur adaptation pour la télévision.

DU MÊME AUTEUR

Dope
Sonatine éditions, 2008
et « Points », n° P2361

La Ville des morts
Éditions du Masque, 2015
et « Points », n° P4230

La Ville des brumes
Éditions du Masque, 2016
et « Points », n° P4548

Sara Gran

VIENS PLUS PRÈS

ROMAN

Traduit de l'anglais (États-Unis)
par Françoise Smith

Sonatine éditions

TEXTE INTÉGRAL

TITRE ORIGINAL
Come Closer
ÉDITEUR ORIGINAL
Atlantic Books

ISBN 978-2-7578-6807-2
(ISBN 978-2-35584-000-5, 1re publication)

Pour Warren et Suzanne Gran.
Merci pour tout.

En janvier, j'étais censée remettre une proposition à Leon Fields, mon patron, concernant un nouveau chantier. Nous rénovions une boutique de vêtements dans un centre commercial à ciel ouvert, en banlieue. Rien d'extraordinaire. J'ai bouclé mon projet un vendredi matin et l'ai déposé sur son bureau accompagné d'un petit mot enjoué – « Dites-moi ce que vous en pensez ! » – pendant qu'il était en rendez-vous avec un nouveau client dans la salle de réunion.

Plus tard dans la matinée, Leon a ouvert la porte de son bureau d'un coup sec.

« Amanda ! Venez voir », a-t-il hurlé.

Je me suis précipitée. Il a ramassé une liasse de papiers en me dévisageant, son visage adipeux blême de colère.

« C'est quoi, ça ?

– Je n'en sais rien. » Ça ressemblait à mon projet – même en-tête, même format. Mes mains tremblaient. Je n'arrivais pas à imaginer ce qui pouvait clocher. Leon m'a tendu les papiers et j'ai lu la première phrase : « Leon Fields est un suceur de bites. »

« Qu'est-ce que c'est que ça ? lui ai-je demandé.

– À vous de me le dire, a-t-il répondu, le regard rivé sur moi. Vous venez de le déposer sur mon bureau. »

J'avais le tournis. « Qu'est-ce que vous racontez ? J'ai déposé le projet sur votre bureau, pas ce torchon, le projet pour le nouveau chantier. » J'ai passé en revue les papiers posés devant lui à la recherche de mon projet. « C'est une blague ou quoi ?

– Amanda, trois personnes ont affirmé vous avoir vue vous approcher de l'imprimante, imprimer ce document et le déposer sur mon bureau. »

J'avais l'impression d'être en plein cauchemar. Il n'y avait plus ni logique ni raison. « Attendez », lui ai-je dit. J'ai couru jusqu'à mon ordinateur, imprimé mon projet, en ai vérifié le contenu et le lui ai ramené. Un peu calmé, il était installé dans son gros fauteuil en cuir.

Je le lui ai tendu. « Voilà. Voilà exactement ce que j'ai déposé sur votre bureau ce matin. »

Il a jeté un coup d'œil au document avant de me regarder. « Alors d'où est-ce que ça sort, ça ? a-t-il demandé en brandissant le faux projet.

– Comment voulez-vous que je le sache ? Faites voir. »

J'ai lu la seconde phrase : « Leon Fields mange de la merde et aime ça. »

« C'est immonde ! Je ne sais pas. Quelqu'un vous fait une blague, je suppose. Quelqu'un doit trouver ça drôle.

– C'est peut-être à vous que l'on fait une blague, a-t-il dit. Quelqu'un a remplacé votre projet par cette chose. Je suis navré, j'ai cru… » a-t-il bredouillé en lançant un coup d'œil gêné alentour. Leon Fields m'employait depuis trois ans et c'était bien la première fois que je l'entendais s'excuser.

« Pas de souci. Qu'est-ce que vous avez vu ? »

Nous avons échangé un regard.

« Je vais lire votre projet. Je vous donne mon avis très vite. »

Je suis sortie et je suis retournée à mon bureau. Je n'étais pas l'auteur du faux projet, mais j'aurais bien aimé savoir à qui on le devait. Car c'était vrai : Leon Fields était un suceur de bites qui mangeait de la merde, et j'avais toujours pensé qu'il aimait beaucoup ça.

Ce soir-là, j'étais en train de raconter à Ed, mon mari, le mystérieux incident du bureau lorsque nous avons entendu le bruit pour la première fois. Nous étions à table en train de finir nos plats préparés vietnamiens.

Toc, toc.

Nous nous sommes regardés.

« Tu as entendu ça ?

– Je crois, oui. »

De nouveau : toc, toc. Les coups venaient par deux ou par quatre, jamais de façon isolée – toc, toc –, et le bruit se prolongeait, un peu comme s'il était suivi d'un grattement, semblable au bruit que font des griffes sur un parquet.

Ed s'est levé le premier, et je l'ai suivi. D'abord, il nous a semblé que le bruit provenait de la cuisine. Alors nous sommes allés vérifier dans la cuisine, nous avons regardé sous le réfrigérateur et sous la gazinière, il nous a alors semblé que le bruit provenait de la salle de bains. Après avoir vérifié sous le lavabo et derrière le rideau de douche, nous avons conclu que le bruit provenait de la chambre.

Nous avons vérifié dans la chambre, le salon, avant de revenir à la cuisine. Après avoir fait le tour de l'appartement, nous avons laissé tomber. C'étaient certainement les canalisations, un problème d'écoulement de l'eau ou de chauffage. Ou peut-être une souris qui faisait le tour de l'appartement à l'intérieur des cloisons. L'idée dégoûtait Ed, mais, moi, je trouvais ça plutôt mignon, une petite souris avec suffisamment de cran pour grimper quatre étages et subsister grâce à nos quelques miettes. Nous avons tous deux oublié l'histoire que j'étais en train de raconter, et je n'ai jamais parlé à Ed de la blague que quelqu'un avait faite, au bureau.

★

Il y a eu du bruit tout le reste de l'hiver. Pas en permanence, mais pendant quelques minutes toutes les deux ou trois nuits. Et puis à la fin du mois, j'ai assisté à une conférence sur la côte ouest pendant deux jours et Ed n'a rien entendu en mon absence. Quelques semaines plus tard, Ed s'est rendu dans le nord pendant trois jours pour assister au mariage d'un cousin éloigné, il y a eu du bruit toute la nuit, chaque nuit où il n'était pas là. J'ai de nouveau fouillé l'appartement de fond en comble pour découvrir d'où venait le bruit. J'ai examiné les tuyaux, vérifié que les robinets ne fuyaient pas, éteint le chauffage avant de le rallumer, mais le bruit persistait malgré tout. J'ai nettoyé les sols, ramassé la moindre miette dont un rongeur aurait pu se nourrir et même acheté un lot de ces pièges à ressorts très déplaisants, mais le bruit ne s'est pas tu pour autant. J'ai mis la télévision à fond, allumé le lave-vaisselle, passé des heures au téléphone avec de vieux amis très bruyants, mais rien n'y a fait.

Toc, toc.

Je commençais à trouver cette souris de moins en moins charmante.

Ce bruit n'avait rien d'insolite, à vrai dire ; notre immeuble avait près d'un siècle et ce type de nuisance était prévisible. Il avait été construit pour accueillir une usine d'aspirine, du temps où la ville avait encore une zone industrielle. Lorsque les industries avaient quitté la ville, tous les promoteurs les uns après les autres avaient essayé de réhabiliter le quartier plein d'usines abandonnées et d'entrepôts comme le nôtre, mais aucun des projets ne s'était concrétisé. Le quartier était trop excentré, trop désert, trop glacial la nuit. Pour ma part, je préférais nettement que l'urbanisation du site ne se soit pas déroulée comme prévu. Notre immeuble était toujours à moitié vide. J'en appréciais le calme et la tranquillité.

En voyant le loft pour la première fois, j'ai su que c'était l'endroit idéal pour nous. Ed a été un peu plus difficile à convaincre.

« Imagine le calme, me suis-je enthousiasmée. Pas de voisins ! »

Les gaines électriques et les canalisations étaient en place, sans jamais avoir été utilisées toutefois. Il fallait envisager de gros travaux de rénovation.

« Imagine le potentiel ! On a la possibilité de partir de zéro ! »

Six colonnes blanches soutenaient l'ensemble. Une soufflerie industrielle accrochée au plafond faisait office de chauffage. « Il a du caractère, de la personnalité ! »

Ed a cédé et nous avons acheté l'appartement pour la moitié du prix que nous aurions payé ailleurs. Nous avons investi la différence dans les travaux. Ed m'a laissé carte blanche. J'étais architecte et désormais je devenais le client rêvé. J'ai conçu chaque détail moi-même, de la couleur blanc cassé des murs aux robinets en porcelaine sur l'évier de la cuisine, en passant par l'installation de la cheminée sur le mur sud qui a coûté une fortune mais qui valait la dépense.

Malgré tout, le quartier était parfois difficile à vivre. Ni supermarché ni restaurant, quelques petites épiceries spécialisées dans l'alcool et les cigarettes. Le quartier commerçant le plus proche se trouvait à dix pâtés de maisons de là et il fallait le dépasser pour atteindre le quartier résidentiel le plus proche. Mais nous avons rapidement trouvé nos marques. Nous avions une voiture pour aller là où nous avions envie d'aller le soir et le week-end, et, en semaine, nous prenions généralement le train pour nous rendre au travail. Notre autre sujet d'inquiétude lorsque nous avions emménagé, c'était le risque d'insécurité, mais nous nous sommes vite rendu compte qu'il n'y en avait aucun. L'endroit était trop désert même pour les criminels. Cela dit, les chiens errants qui patrouillaient dans les parages commençaient à m'inquiéter. Ils gardaient leurs distances et je gardais les miennes, mais j'avais toujours le sentiment d'une trêve fragile. Je n'étais pas convaincue que les animaux allaient respecter leur part du contrat. Quand je rentrais de la gare à pied, il y en avait toujours un qui rôdait devant la porte d'un immeuble ou au coin d'une rue en me lançant des œillades méfiantes. J'aurais préféré avoir affaire à un agresseur, c'est sûr, car lui au moins n'en aurait eu qu'à mon argent – Dieu seul savait ce que me voulaient ces chiens qui me dévisageaient, les yeux injectés de sang.

C'est ce que j'ai découvert cet automne-là lorsque, un soir, un berger allemand bâtard m'a suivie jusqu'à chez moi depuis la gare. Je me suis dit que me mettre à courir ne ferait que le provoquer, aussi ai-je continué à marcher à pas réguliers en feignant la nonchalance. Le berger allemand traînait derrière moi à un pas tout aussi régulier, feignant la nonchalance lui aussi. À l'entrée de mon immeuble – une porte métallique en haut de deux larges marches –, j'ai mis la clé dans la serrure pensant être tirée d'affaire car le chien restait dans la rue. Jusqu'à ce qu'il saute les marches d'un bond pour m'attaquer. Avec ses pattes avant, aussi puissantes que des bras humains, il m'a plaquée contre le mur, ignorant mes cris horrifiés, m'a léchée sur la bouche et a tenté de me séduire. Lorsque j'ai fini par le convaincre que je n'étais pas intéressée, il s'est assis à mes pieds, haletant. Je l'ai gratouillé derrière les oreilles pendant quelques minutes avant de me faufiler dans l'immeuble.

Je l'aurais oublié s'il ne m'avait attendue à la gare le lendemain, et le jour suivant. J'ai pris l'habitude de faire le chemin en sa compagnie. Il savait obéir à quelques ordres simples (« assis », « pas bouger », « non ») et j'étais convaincue qu'il avait été animal de compagnie dans une autre vie. Je suis même allée lui acheter un sac de biscuits recette équilibrée dans une animalerie. Sur le chemin, je me servais des biscuits pour lui apprendre à obéir à quelques nouveaux ordres : « avance », « va coucher », « arrête d'essayer de me sauter » (nous nous contentions de « arrête »). En parvenant à le civiliser un peu, j'espérais pouvoir lui trouver un foyer. J'aurais aimé le prendre chez moi, mais Edward était allergique : chiens, chats, hamsters, fraises, laine angora et certaines variétés de champignons, autant d'articles dangereux bannis de l'appartement et devant être maniés avec précaution.

Mais j'étais heureuse d'avoir au moins un ami dans le quartier. Et au fil des mois, ce n'est pas Ed mais ce nouvel ami – un sac à puces n'ayant même pas de nom – qui le premier s'est rendu compte que je n'étais plus tout à fait moi-même.

★

Je ne suis pas en train de dire qu'Ed n'était pas attentif, qu'il ne remarquait pas ce qui se passait dans ma vie. Il n'a simplement pas été capable d'assembler les pièces du puzzle aussi rapidement que le chien. Ed était mon héros, mon sauveur. Ed, c'était celui qui avait apporté de l'ordre à ma vie chaotique. Lorsque j'étais célibataire, je mangeais des céréales au dîner et de la glace au déjeuner. Je gardais mes déclarations d'impôts dans un sac plastique dans le placard. Je passais mes samedis dans un brouillard d'alcool à regarder de vieux films en noir et blanc pendant des heures. Avec Ed, je passais mes samedis dehors à faire les choses que j'avais toujours imaginé devoir faire : brocantes, déjeuners en ville, visite de musées. Tous les ans, en janvier, il remplissait nos déclarations d'impôts, auxquelles il joignait les notes de frais classées par ordre alphabétique et conservait les avis d'imposition dans un classeur digne de ce nom. C'était un homme capable d'aller au bout de n'importe quelle grille de mots croisés, d'ouvrir n'importe quelle bouteille, d'atteindre sans effort l'étagère du haut au supermarché. Il représentait la stabilité, quelqu'un sur qui je pouvais compter, mon roc, jour après jour. Quelqu'un qui m'aimait, qui ne m'abandonnerait jamais. On ne peut pas reprocher à cet homme sophistiqué, civilisé, de ne pas avoir les mêmes instincts qu'un chien errant.

Certaines choses qui nous semblent impossibles arrivent tout le temps. Comme la fois où Ed s'est servi de ses clés pour entrer dans l'appartement avant de les perdre à l'intérieur sans jamais pouvoir remettre la main dessus. Comme le matin d'Halloween où j'ai ouvert un placard à vaisselle, dans lequel toutes nos assiettes étaient impeccablement entassées, que la pile du haut a basculé et que les assiettes sont tombées une à une, ont rebondi sur mon épaule avant de se fracasser par terre. Ou quand ma copine Marlene a décroché le téléphone pour appeler sa grand-mère et que quelqu'un était déjà en ligne, un de ses cousins qui l'appelait pour lui annoncer que la vieille dame était morte le matin même. On pourrait passer notre vie à essayer de comprendre l'étrange, la coïncidence, l'inexplicable, mais la plupart des gens ne le font pas. C'était mon cas.

★

Peu de temps après que le bruit a commencé à se faire entendre, Ed et moi avons eu notre première dispute. Nous ne nous disputions pas en permanence, il n'y a pas eu de changement radical du jour au lendemain. Au début, c'étaient juste de petites chamailleries et je pensais que cela passerait. J'ignorais qu'elles faisaient partie d'un schéma plus global dont je n'avais pas vu les signes annonciateurs. J'ignorais que les disputes s'intensifieraient. Si je devais dater avec précision le début de cette période – cette phase qui s'est avérée ne pas en être une du tout mais plutôt le début d'un inexorable déclin –, je dirais la Saint-Valentin, cette année-là.

Nous avions décidé d'éviter les restaurants bondés et de passer une soirée romantique à la maison. Comme je sortais du travail la première, j'étais chargée du dîner. Ed devait rentrer vers 19 heures avec des fleurs et du vin. À 19 heures, le dîner était prêt – veau au marsala accompagné de rapini –, la table mise et le soufflé au chocolat du supermarché gonflait au four. Mais Ed m'a appelée du bureau à 19 h 15 pour m'annoncer qu'il ne rentrerait pas avant une heure ou deux. Certains chiffres devaient être vérifiés et re-vérifiés, et cela ne pouvait pas attendre le lendemain. J'ai regardé le journal télévisé. J'ai grignoté un paquet de bretzels devant un mélo prenant pour cadre un hôpital. À 11 heures, il y a eu un nouveau journal télévisé. La situation n'avait guère évolué.

Au beau milieu des émissions de la nuit, Ed est rentré sans fleurs ni vin.

« Salut, chérie », a-t-il lancé en traversant le loft pour s'approcher du canapé. Il s'est penché pour m'embrasser. J'ai esquivé. *Quel culot*, me suis-je entendue penser.

« Tu es en retard », ai-je remarqué. *Il est toujours en retard.* Le bruit était particulièrement fort ce soir-là.

Toc, toc.

« Je sais, je suis désolé, a-t-il lancé en exagérant son air de chien battu. Excuses acceptées ? »

Toc, toc.

« Non. Excuses à la con absolument pas acceptées.

– Oh ! chérie, je…

– C'est la SAINT-VALENTIN ! ai-je hurlé. T'étais où, putain ? »

Toc, toc. Toc, toc.

« J'ai appelé ! » a-t-il hurlé à son tour. Il est entré dans la chambre pour passer un pyjama en flanelle bleue et, de là, a lancé : « Tu savais que je serais en retard !

– C'était il y a quatre heures ! »

Toc, toc. Toc, toc. Toc, toc. J'étais furieuse. Rien ne pouvait m'apaiser.

« Je suis désolé pour le dîner, s'est-il écrié, toujours depuis la chambre. JE T'AI DIT QUE J'ÉTAIS DÉSOLÉ !

– Tu es toujours désolé ! Toi et tes EXCUSES À LA CON ! »

Toc, toc, toc, toc, toc – le bruit est allé crescendo avant de cesser pour la soirée.

Lorsque Ed est sorti de la chambre, j'y suis entrée et j'ai claqué la porte. Allongée sur le lit, j'ai pensé à tous les retards, toutes les promesses brisées depuis notre mariage. Quand Ed est venu se coucher une heure plus tard, je faisais semblant de dormir.

★

Cette nuit-là, j'ai fait un rêve étrange dont je me souvenais très clairement le lendemain matin. Un océan rouge bordé d'une plage de sable écarlate. Une femme jouait dans les vagues. Elle était belle avec de grands yeux noirs ; son unique défaut, c'était sa tignasse noire tout emmêlée en épaisses mèches crasseuses. Je l'observais depuis le rivage. Elle est sortie de l'eau, et le liquide rouge a roulé sur sa peau comme du mercure. Soudain, nous étions étendues l'une près de l'autre sur le sable. Ses dents étaient aussi pointues que des crocs. Je les trouvais très jolies.

« Tu me plais », a-t-elle dit. Elle a tendu la main vers moi et enroulé une boucle de cheveux autour de son doigt. J'ai rougi en baissant les yeux.

« Je peux rester avec toi ? » Du bout de l'index, j'ai écrit OUI dans le sable écarlate. À côté, elle a écrit son nom : NAAMA.

Elle m'a prise dans ses bras et nous nous sommes enlacées comme deux sœurs. Je l'aimais tant, j'avais envie que nous soyons ensemble pour toujours.

★

J'étais persuadée d'avoir déjà vu cette femme. Son visage m'est souvent revenu à l'esprit les jours suivants, comme les notes d'une chanson dont on n'arrive pas à retrouver la mélodie. Ses lèvres, en particulier, j'étais sûre de les avoir déjà vues. Ce n'est que quelques jours plus tard que son nom m'est revenu en mémoire. Ed et moi étions à la table de la cuisine avec nos cafés et nos toasts, en train de parler de ses amis Alex et Sophia. Nous ne nous étions pas exactement réconciliés après la dispute de la Saint-Valentin, mais nous laissions couler, étant tacitement convenus qu'elle n'avait jamais eu lieu. J'écoutais à moitié son histoire concernant la promotion d'Alex tout en réfléchissant à ce que j'allais porter ce jour-là lorsque le nom m'est revenu en mémoire sans crier gare.

« Pansy ! me suis-je écriée. Je savais que je la connaissais. »

★

Pansy était mon amie imaginaire. J'avais 6 ans la première fois que j'avais pensé à elle. C'était une mère de substitution. J'imaginais qu'elle me coiffait, qu'elle jouait à la dînette avec moi, qu'elle me bordait le soir. Ma mère était morte d'une crise cardiaque lorsque j'avais 3 ans et mon père s'était remarié très vite à une femme qui n'avait jamais voulu d'enfants. Noreen. Pansy n'était pas une petite fille mais ce que j'imaginais être une grande personne : en réalité, c'était une adolescente. Elle ressemblait vaguement à

Tracy Berkowitz, une fille de 18 ans très glamour qui vivait au bout de la rue. Mais contrairement à Tracy, Pansy était posée, réconfortante et s'intéressait à moi. Je n'étais pas solitaire au point d'être dérangée et de penser que Pansy existait réellement. Il n'était nullement question de télépathie ni de rien de surnaturel. J'étais pleinement consciente du fait que j'étais réelle et Pansy imaginaire.

Jusqu'au jour où elle ne l'a plus été. Je rentrais de l'école. Cette figure si importante trois ans plus tôt, je ne lui consacrais plus, maintenant que j'avais 9 ans, que quelques minutes d'attention avant de m'endormir, je l'imaginais en train de m'embrasser pour me souhaiter bonne nuit. Avec la fin du printemps, la fin de l'année scolaire approchait. Le soleil brillait et dans l'air s'élevaient déjà le murmure de l'été, le bourdonnement des mouches, le crissement des sauterelles et les bruits sourds des moteurs des Trans Am et des Camaro, en ville. Je rentrais de l'école à pied, longeais les rangées de maisons blanches et proprettes bordées de pelouses vertes, pratiquement identiques. Je marchais lentement, pas pressée d'être à la maison ni ailleurs. Il n'y avait personne dehors à part une femme au bout de la rue, immobile au passage piéton comme si elle attendait quelqu'un.

Je ne lui ai guère prêté attention. Lorsque je l'ai croisée, elle s'est tournée vers moi en souriant. J'ai d'abord cru que c'était Tracy Berkowitz. Mais non, me suis-je souvenue, Tracy, qui n'était pas mariée, était partie des mois auparavant habiter en ville avec son petit ami policier. Son déménagement avait causé un miniscandale, et personne ne l'avait oublié.

La femme au coin de la rue me dévisageait à présent. Elle avait une abondante chevelure noire et de jolies lèvres roses. Je me souviens de son teint d'un rose parfait et qui semblait rayonner d'un éclat translucide, comme une photo retouchée dans un magazine.

C'était Pansy.

Mon cœur palpitait dans ma poitrine. J'ai été prise d'une espèce de panique, les pensées se carambolant sans aucune logique dans mon esprit. Ce ne pouvait pas être elle. Et pourtant, ça l'était.

Lorsque je suis arrivée au coin de la rue, elle m'a barré la route pour m'arrêter. Elle s'est penchée, mains sur les cuisses. Le soleil illuminait son visage, mais elle n'était pas éblouie par son éclat.

« Bonjour, Amanda », a-t-elle dit d'une voix claire et douce comme les notes d'un violon. Toutes mes peurs se sont évanouies en entendant cette voix.

« Tu me vois, Amanda ? »

À cet instant a retenti le grondement d'une Pontiac Firebird qui passait en trombe à côté de nous en klaxonnant. Instinctivement, j'ai cillé et me suis tournée vers la voiture l'espace d'une demi-seconde, peut-être moins. Lorsque je me suis retournée, Pansy avait disparu.

J'étais suffisamment âgée pour savoir que ce qui venait de se passer était impossible et que seuls les fous croyaient en des événements impossibles. J'ai enfoui ce souvenir au plus profond de moi, si bien qu'il n'a refait surface qu'avec les rêves étranges.

Soit dit en passant, Noreen et mon père sont morts pendant ma deuxième année à l'université. Alors qu'ils faisaient de la plongée au large de la

Jamaïque, leur équipement s'est pris dans un récif de corail et ils se sont noyés.

★

Je me suis confiée à Edward à propos de la femme que j'avais vue enfant et des rêves que je venais de faire.

« Alors, enfant, tu as vu une femme qui ressemblait à ton amie imaginaire et tu as rêvé d'elle la nuit dernière ? » Ed s'exprimait sur ce ton si particulier, à la fois sceptique et légèrement condescendant qu'un père aurait employé avec sa fille qui rentrait tard du bal de fin d'année. Ce n'était pas son trait de caractère le plus séduisant.

« Mais qui était cette femme ? Comment connaissait-elle mon nom ?

– Ce devait être cette fameuse Stacy.

– Tracy. Ce n'était pas Tracy. C'était Pansy.

– Disons que c'était Pansy, a concédé Ed avec un soupir.

– Oh, laisse tomber ! »

Il a posé son journal et tendu la main vers la mienne que je lui ai laissé prendre à contrecœur.

« Alex et Sophia ont dit qu'ils nous prêtaient leur maison sur la côte le dernier week-end de septembre. Ça te dit ?

– D'accord. »

Alex et Sophia étaient de vieux amis d'Ed. Plusieurs fois par an, ils nous passaient les clés de leur maison sur la côte.

« Nous avons tous les deux besoin de nous détendre », a-t-il dit.

Nous n'avons reparlé ni de Pansy ni des cauchemars pendant le reste de la matinée. Je me suis dit qu'Ed avait peut-être raison : Pansy n'avait jamais eu de dents acérées et je ne l'avais jamais vue nue. Les yeux de Naama étaient plus grands. Pansy était plus petite. Mais au fil des heures, à force de voir des images fugaces de leur visage, j'ai fini par être convaincue qu'il s'agissait d'une seule et même personne. Naama aurait pu être une Pansy un peu plus âgée. Déguisée et maquillée pour une fête, Pansy aurait pu être Naama.

En outre, ce rêve me faisait plaisir, d'une certaine façon. Revoir Pansy, c'était comme recevoir la visite d'une vieille amie. Ed m'avait contrariée, mais je m'en suis vite remise. Il avait raison, après tout : j'étais stressée et nous avions besoin de détente. Le stress : voilà une explication convaincante à mes rêves étranges. Quant à la jeune femme vue dans la rue lorsque j'avais 9 ans, je me suis dit qu'Ed devait avoir raison. Ce devait être Tracy, après tout.

★

On pourrait passer notre vie à essayer de comprendre l'étrange, la coïncidence, l'inexplicable. Mais la plupart des gens ne le font pas, et c'était mon cas.

Dans l'ensemble, Ed et moi étions heureux – de notre couple, de notre loft, de nos carrières. Il travaillait au département finance d'une grande marque de vêtements féminins, j'étais architecte dans un petit cabinet et nous nous en sortions assez bien. Nous ne manquions de rien. Nous nous aimions, et il n'était pas encore manifeste que nos disputes pourtant fréquentes étaient en train de devenir un schéma récurrent.

J'avais rencontré Edward à l'âge de 28 ans. Je m'estimais heureuse de l'avoir trouvé. C'était un homme digne de confiance, un blond robuste et plein de santé. Aucun cadavre dans ses placards. Famille nombreuse de catholiques pas très pratiquants. Toutes ses névroses les plus flagrantes et susceptibles de s'avérer problématiques (pour la plupart dues, à mon avis, au fait d'avoir été un « enfant du milieu » dans une fratrie et d'avoir souffert d'un déficit d'attention) avaient été canalisées vers un désir de réussite, ce que je trouvais attendrissant. Il n'aimait ni le sport ni les émissions de télé de fin de soirée, deux gros avantages à mes yeux. Il était méticuleux, avait bonne mémoire, était déterminé à tenir parole : s'il promettait d'appeler à 15 heures, il appelait à 15 heures. Pas de surprise. Cela résumait assez bien Ed, à vrai dire. Aussi, lorsqu'il m'a annoncé – nous sortions ensemble depuis deux ans – qu'il aimerait que nous emménagions tous les deux et, si tout se passait bien, se marier un ou deux ans plus tard, j'ai tout de suite su qu'il pensait vraiment ce qu'il disait. Je vivais dans un petit deux-pièces du centre-ville depuis trois ans. Un appartement adorable avec beaucoup de charme, mais pas suffisamment grand pour deux. J'ai donc emménagé chez Ed, un deux-pièces situé dans un immeuble moderne près de mon bureau. L'intérieur en était un peu aseptisé, avec son affreuse moquette blanc cassé et trop de meubles en mélaminé, mais si tout se passait bien, nous avions prévu d'acheter notre propre appartement quelques années plus tard.

Deux ans après avoir emménagé ensemble, nous nous sommes mariés dans la plus stricte intimité au cours d'une cérémonie civile. C'était ça ou la grande fiesta, ce que nous trouvions tous deux un peu vulgaire ; Edward avait cinq frères et sœurs, des dizaines de cousins, de tantes, d'oncles, de nièces et de neveux, et, en plus, il y avait nos amis, nos collègues, etc., etc. Au lieu de tous les inviter, nous n'avons invité personne. Nous sommes allés à la mairie le matin, nous nous sommes dit oui, et puis nous sommes allés manger des raviolis chinois dans notre restaurant préféré avec quelques amis. Peu après, nous nous lancions dans la recherche d'un appartement et achetions le loft.

★

Bien évidemment, notre vie de couple n'était pas toujours rose. Tous les couples se disputent, et nous ne faisions pas exception. Il y avait quelques détails chez Ed, de petites choses, qui me rendaient folle. Par exemple, son amour de l'ordre frisait l'obsession : un bout de papier posé sur la table basse pendant plus d'un jour ou deux pouvait l'exaspérer. Il était également enclin à une rigidité qui pouvait s'avérer légèrement répugnante, digne d'un vieux célibataire anglais : l'absence de pain de mie tranché fin pour le petit déjeuner pouvait le mettre de mauvaise humeur pendant des heures. Et il ne déviait jamais de son programme ; il n'était pas du genre à se perdre à la campagne ou à errer sans but en ville pendant des heures. Il y avait aussi le fait que, lorsque Ed avait fini de mâcher son chewing-gum, il l'avalait au lieu de le cracher… Pour une raison indéfinissable, ce détail me dégoûtait au plus haut point. Ça et le pain de mie, le bouchon du dentifrice qui devait absolument être replacé immédiatement sur le tube, les chemises qui devaient être pliées d'une certaine façon et tous les autres petits cérémoniaux que nous devions observer chaque jour. Au bout de six ans, cela dit, je m'étais habituée à un certain degré d'agacement, comme la plupart des épouses j'en suis sûre, et c'étaient là de petites disputes et déceptions qui n'altéraient en rien le cours paisible du long fleuve tranquille de notre mariage. Lorsque nos disputes sont devenues un peu plus régulières, lorsque les manies et les rituels d'Ed ont commencé à m'agacer un peu plus que d'habitude, je n'ai pas douté un seul instant que cela passerait.

★

Au début, elle s'y est prise de façon très subtile. Ce n'est pas comme si tout s'était détérioré d'un seul coup. Imaginez que vous avez devant vous une bouteille de whisky, et que quelque chose en vous dise, Mince, j'aimerais vraiment une gorgée de ce whisky. Et puis, une autre voix en vous chantonne, Voyons, tu ne devrais pas, tu dois prendre la voiture pour rentrer. Et une troisième voix ajoute, Allez, bois-le, et puis c'est tout. Cette voix de l'esprit est nouvelle, c'est un bruit que vous n'êtes pas habitué à entendre dans votre tête, mais elle n'est pas tellement étrange non plus, elle imite assez bien votre propre voix intérieure et vous aimez ce qu'elle dit. Allez. Ne prends pas le temps de réfléchir. Tu vas t'amuser. Bois-le. Tout de suite.

Vous seriez loin de vous douter que cette troisième voix ne vous appartient pas. Vous vous contenteriez sans doute de boire le whisky.

★

En mars, je me suis remise à fumer, ce qui nous a donné davantage de raisons de nous disputer. J'avais arrêté au moment d'emménager avec Ed. Il disait qu'il était allergique à la fumée. C'est qu'il n'avait jamais appris à apprécier l'odeur piquante et amère d'une cigarette qui se consume, proche de celle d'un âtre où couve un feu. Mais je savais que c'était mieux comme ça et, en mon for intérieur, je me sentais un peu coupable d'infliger ce genre de violence à mon corps jour après jour. Alors, j'avais arrêté. Vivre dans le nouvel appartement m'aidait. Pas de cendrier. Pas de table de cuisine en formica sur laquelle m'asseoir pour téléphoner, cigarette à la main. Nouvel appartement, nouvelle vie, nouvelles habitudes. J'ai fait quelques séances d'acupuncture et ça n'a pas été trop pénible, juste triste, comme de voir une vieille amie déménager.

Je me suis remise à fumer par un lundi lugubre et bruineux. Pendant ma pause déjeuner, j'ai pris un sandwich dans un petit café près du bureau. J'avais ouvert le journal devant moi sans vraiment le lire. Je préférais écouter mes voisins de table, un couple. Elle avait à peu près mon âge, peut-être un peu moins, les cheveux blonds tirés en chignon. Lui était bien plus âgé et n'avait pas l'air à sa place, davantage du genre à fréquenter les restaurants avec carte des vins et maître d'hôtel. Ils parlaient d'un voyage aux Caraïbes. Lorsque je me suis levée pour partir, j'ai croisé le regard de la jeune femme. Elle m'a adressé un petit sourire entendu, presque un clin d'œil, avant d'allumer une cigarette. Les volutes de fumée ont parcouru les quelques centimètres qui la séparaient de ma table et, quand l'odeur est arrivée à moi, j'ai défailli. J'ai regardé la jeune femme, à présent tournée vers son compagnon, prendre une profonde inspiration avant d'exhaler et d'envoyer une autre bouffée de cette fumée à l'odeur boisée dans ma direction. Elle fumait depuis longtemps, manifestement, la cigarette se fondant aussi naturellement et intimement dans sa main qu'un sixième doigt. Telle une affamée devant un steak, il me fallait cette cigarette. J'imaginais comme ce serait facile : *Excusez-moi, auriez-vous une autre cigarette ? Pardonnez-moi, puis-je vous demander une cigarette ? Je peux vous en piquer une ? Vous en avez une autre ? Donnez-m'en une. Donnez-la-moi.*

Je suis sortie, comptant sur le changement de décor pour me distraire. Mais dans la rue où tombait une bruine fine et drue, on aurait dit que tous les passants que je croisais avaient une cigarette à la main, qu'ils aient été en train de l'allumer, de la fumer ou de l'éteindre. Et comme ils avaient l'air heureux, ces fumeurs pleins de santé, comblés par leur habitude ! Je me demandais comment j'avais pu croire pendant si longtemps que fumer, c'était dégoûtant et dangereux pour la santé. Regarde-les, ils sont radieux ! me disais-je. Les slogans publicitaires des marques de cigarettes résonnaient dans ma tête. Une femme vêtue d'un trench noir tirait sur une Waverly – Le choix des fumeurs. Un homme d'âge moyen, athlétique et vêtu d'un costume trois pièces allumait une Texas Straight – L'authentique goût de la cigarette. J'ai essayé de faire les exercices de respiration que m'avait appris l'acupuncteur, mais à chaque inspiration je sentais le goût stimulant du tabac qui se consume. J'ai pris la direction de la rue pavée où était situé mon bureau en espérant me calmer. C'était pire encore. Sur chaque pas de porte traînait quelqu'un avec une cigarette, j'étais cernée par les braises qui luisaient de tous côtés. Kensington – Toute la douceur de la cigarette. Fairfax – Toute la fraîcheur d'une bonne cigarette. Embassy, c'est le plaisir de fumer. Les cigarettes Lowes, c'est plus de plaisir. J'étais presque au bureau et je savais que, une fois enveloppée par l'air purifié, tout irait bien ; mais il me restait un dernier obstacle à franchir. Dans l'entrée de l'immeuble se tenait une femme petite et pâle à la longue chevelure noire, vêtue d'une robe noire moulante. Elle fumait une Midwood Medium, mes préférées. La cigarette qui vous comble.

J'étais face à la femme aux cheveux noirs. Il serait tellement simple de lui demander une cigarette – mais non, je n'en ferais rien. J'ai ouvert la bouche pour lui dire « Excusez-moi », afin de me réfugier au plus vite dans mon bureau. Mais quand ma bouche, mes lèvres et ma langue se sont mises en mouvement, je me suis rendu compte qu'elles ne m'appartenaient absolument plus. Dans mon imagination, je formais le *x* d'« Excusez-moi », en haut de la gorge, mais, au lieu de ça, ma lèvre inférieure est venue chercher le contact de mes dents pour demander : « Vous auriez une autre cigarette ?

– Bien sûr », a répondu la jeune femme en souriant. Elle a fouillé dans son sac à la recherche des cigarettes et d'allumettes, a secoué le paquet pour en faire sortir une qu'elle m'a tendue.

Voilà comment je me suis remise à fumer. J'ai tenté de me raisonner grâce à une série d'hypothèses : si j'avais demandé une cigarette, c'est que j'en avais envie. Manque de volonté. Mes désirs inconscients avaient été plus forts que mon surmoi. J'ai tourné autour du pot pendant une semaine avant d'accepter la réalité : je m'étais remise à fumer, et il me faudrait faire avec ou revivre une longue période de manque. Et Edward allait devoir faire avec, lui aussi.

Il lui a fallu un moment pour se rendre à l'évidence. Le jour où il a découvert un paquet de cigarettes dans mon sac, c'était la déception incarnée. Et ma santé ? Il était très préoccupé par ma santé, disait-il. Lorsqu'il est devenu évident que cette tactique ne menait à rien, il a essayé d'invoquer les allergies qui, comme je l'avais compris depuis longtemps, n'exigeaient pas autant de ménagements qu'Edward le laissait croire. Je restais sourde à ses arguments. J'appréciais de m'être remise à fumer. Je me sentais davantage moi-même. Je me disais que je pourrais bien continuer à fumer pour le restant de mes jours. La campagne qu'il menait a alors gagné en cruauté : je sentais mauvais, mes dents jaunissaient ; fumer, c'était dégoûtant, ça faisait peuple. Aucune de ces caractéristiques ne me dérangeait particulièrement, et je me suis rendu compte qu'elles ne dérangeaient pas non plus la plupart des hommes que je rencontrais. Il a supplié, hurlé et fini par laisser tomber.

Je me sentais merveilleusement bien, comme si ma vieille amie était de retour. C'était un peu comme de revoir Pansy après toutes ces années.

Il y avait le bruit, les disputes, la cigarette, les rêves, et je n'aurais jamais pensé à faire le lien entre ces divers phénomènes s'il ne s'était produit une erreur, ou ce que j'ai pris pour une erreur à l'époque. J'avais commandé auprès d'une petite maison d'édition dans un autre État un livre (*Problèmes de design d'hier à aujourd'hui*) dans lequel j'espérais trouver l'inspiration pour boucler un projet sur lequel je travaillais. En rentrant au loft par une soirée d'avril pluvieuse, j'ai découvert un colis devant la porte. Cependant, une fois montée et le colis ouvert, je me suis aperçue que l'on m'avait envoyé le mauvais ouvrage, *Possession démoniaque d'hier à aujourd'hui*. Décevant, mais pas de quoi en faire un drame non plus. J'ai posé le livre sur la table basse sans plus y prêter aucune attention et me suis mise à préparer le dîner.

Après avoir terminé, je me suis installée sur le canapé. Ed était encore en retard. Pour tromper l'ennui, j'ai attrapé le livre qui m'était parvenu par erreur, *Possession démoniaque d'hier à aujourd'hui*.

Il y avait un court questionnaire en première page :

Êtes-vous possédé par un démon ?

1. J'entends des bruits étranges chez moi, surtout la nuit, qui d'après mes proches ne se produisent qu'en ma présence.
2. J'ai de nouveaux passe-temps ou activités qui ne me ressemblent pas, et agis de manière incompréhensible.
3. Je manque de patience et me montre irritable avec mes proches et les êtres qui me sont chers.
4. Je comprends des langues étrangères que je n'ai jamais apprises et sais certaines choses qu'il me serait impossible d'apprendre par des moyens ordinaires.
5. Je souffre de pertes de mémoire que l'on ne peut attribuer ni à la drogue, ni à l'alcool, ni à une maladie chronique.
6. J'ai de drôles d'idées depuis peu, j'entends des voix.
7. J'ai eu des visions, j'ai rêvé de personnages susceptibles d'être des démons.
8. Un voyant, un prêtre ou autre conseiller spirituel m'a dit que j'étais possédé.
9. J'éprouve l'envie de blesser ou de tuer des animaux ou des êtres humains.
10. J'ai blessé ou tué des animaux ou des êtres humains.

★

Sur la page suivante, on trouvait une analyse des résultats du questionnaire. J'avais obtenu 4 sur 10 : il y avait le bruit dans notre appartement, le fait de m'être remise à fumer, les disputes avec Ed et les rêves bizarres.

0 – 3 : Vous n'êtes probablement pas possédé. Consultez un médecin ou un psychologue pour un examen.

3 – 6 : Vous pourriez fort bien être envoûté, ou au premier stade de la possession. Ne vous alarmez pas. Demandez l'aide d'un conseiller spirituel.

6 – 10 : Vous êtes possédé. Consultez immédiatement votre conseiller spirituel. Vous pourriez constituer une menace pour votre famille et vous-même.

En règle générale, la possession est précédée par une phase préliminaire baptisée « obsession » – l'obsession du démon pour sa victime. À ce stade, la victime n'est pas encore habitée mais ses cinq sens, ainsi que ses souvenirs et son esprit peuvent être manipulés et corrompus par l'entité maléfique. La victime peut éprouver un puissant désir sexuel, l'envie, la convoitise ou être plus que jamais encline à commettre n'importe quel autre péché. Il est courant pour la victime d'entendre le démon se manifester par le biais de tapotements, de coups secs qui semblent la suivre où qu'elle aille ; il est également courant que la victime voie ses rêves infiltrés par l'entité maléfique.

J'ai posé le livre et pris une épaisse biographie de Frank Lloyd Wright que j'avais l'intention de lire depuis des mois. Mais à peine en avais-je parcouru quelques pages que, aussi discret qu'une souris et aussi assourdissant qu'une détonation, je l'ai à nouveau entendu.

Toc, toc.

Ce même bruit énervant. Ce soir-là, malgré tout, il était plus distinct. Maintenant que je l'écoutais attentivement, j'étais sûre qu'il ne pouvait absolument pas s'agir des canalisations. Et le bruit était bien trop fort pour être dû à une souris.

Toc, toc. Toc, toc.

Je commençais à me sentir mal à l'aise. Je me suis levée pour faire le tour de l'appartement. Rien. Exactement comme la première fois : le bruit était toujours tout près, mais jamais à l'endroit précis où je me trouvais. Quand j'étais à la cuisine, le bruit venait de la chambre. Quand j'allais à la chambre, il semblait venir de la salle de bains. J'ai laissé tomber et me suis rassise sur le canapé. J'ai pris un magazine posé sur la table basse. Les minijupes étaient de nouveau à la mode.

Toc, toc.

Je me sentais de plus en plus mal à l'aise. Le bruit n'avait jamais été aussi fort jusque-là. La pluie frappait les vitres et j'ai essayé de me convaincre que je n'avais entendu que le bruit de la pluie qui tapait contre le verre. Ou des canalisations. Ou d'un robinet.

Toc, toc. Toc, toc.

Seule dans l'appartement silencieux, je me rendais bien compte maintenant qu'il ne s'agissait pas réellement de « coups ». Cela tenait plus du trottinement. Le battement continuel se répercutait d'un bout à l'autre de l'appartement. On aurait dit un bruit de pas, un grattement, comme si un chien ou un chat courait à toute vitesse sur un plancher et que ses griffes raclaient le bois.

Tac-a-tac, tac-a-tac.

Ce ne pouvait être un bruit de pas. Personne ne vivait au-dessus de chez nous et, manifestement, j'étais seule dans l'appartement. Le bruit s'est amplifié, s'est rapproché. Ce ne pouvait être un bruit de pas. Même si cela y ressemblait fortement, ce n'était pas possible, c'était absolument impossible, l'idée même qu'il puisse s'agir d'un bruit de pas n'aurait pas dû me traverser l'esprit. J'avais les yeux rivés sur le magazine. Il fallait porter des escarpins à bride avec les minijupes.

Tac-a-tac, tac-a-tac.

Le bruit qui ne pouvait pas être un bruit de pas se rapprochait. Il faisait le tour du canapé. J'ai cessé de faire semblant de lire le magazine. Il était devant moi, allait et venait devant le canapé.

Tac-a-tac, tac-a-tac.

Il s'est arrêté juste devant moi. J'étais pétrifiée. Je suffoquais. À ce moment-là, j'ai entendu un autre bruit sur ma gauche et me suis mise à hurler.

Ed. Ce n'était qu'Ed qui rentrait à la maison.

★

Je l'ai revue en rêve cette nuit-là. Assise sur le canapé, j'écoutais le toc, toc, exactement comme cela s'était produit quelques heures plus tôt. J'ai baissé les yeux et aperçu des pieds. De parfaits petits pieds d'ivoire qui semblaient sortir de nulle part.

J'ai levé les yeux. Au-dessus de moi, j'ai vu l'éclat d'un œil de jais. Elle se trouvait juste devant moi, et pourtant c'était comme si je regardais à travers le trou d'une serrure. Je n'arrivais pas à la voir en entier. J'ai aperçu un nez mutin d'un blanc laiteux et puis ensuite les lèvres roses recouvrant les dents éclatantes et acérées. Quand je regardais son petit pied blanc, le haut du corps au-dessus du genou disparaissait. Quand je regardais sa main, je ne voyais rien d'autre qu'une main aux longs ongles naturels.

« Ne résiste pas, Amanda », a-t-elle dit du bout de ses lèvres roses.

La pièce s'est assombrie. Je tombais, je glissais hors de moi, sombrais dans de moites ténèbres. Elle m'a emmenée sur la plage écarlate. Nous nous sommes étendues sur le sable pour observer les poissons qui sautaient entre les vagues rouge rubis. À présent, je la voyais distinctement, des pieds à la tête.

« Je t'ai choisie.

– Tu ne partiras jamais ?

– Jamais. Rien ne pourra me pousser à partir. »

Elle m'a enlacée pour m'attirer contre elle. Nos côtes se sont jointes, nos bassins plaqués l'un contre l'autre, et elle a continué à me serrer jusqu'à ce que je ne puisse plus respirer, que j'étouffe et que ma colonne vertébrale touche la sienne, vertèbre contre vertèbre.

Je n'ai pas pris la peine de lire le reste de *Possession démoniaque d'hier à aujourd'hui*. Mais je l'ai rangé sur les étagères au lieu de le renvoyer à l'expéditeur comme j'en avais eu l'intention au départ. Je me disais que, de toute façon, il était trop tard pour que l'autre livre me soit utile, il ne me restait que quelques jours pour rendre mon travail et il n'arriverait jamais à temps. Et puis, il pourrait être un jour l'occasion de rigoler un bon coup.

★

J'ai remarqué un autre petit détail amusant. Après ce rêve cette nuit-là, je n'ai plus jamais entendu le bruit dans l'appartement, et Ed non plus.

★

Le samedi matin, nous avons décidé d'aller au centre-ville en voiture pour faire quelques courses. Ed n'avait plus de cachets contre ses allergies. Il n'en avait pas besoin tous les jours, mais il était important qu'ils soient à portée de main au cas où il tomberait sur un chat errant ou une fraise rebelle. J'avais besoin d'après-shampooing et songeais à m'acheter une nouvelle brosse à dents. Nous avions l'intention de comparer les prix des lave-vaisselle – le vieux laissait une fine pellicule de saleté dans les tasses à café. Et il y avait un restaurant tibétain où nous aimions déjeuner pas loin du magasin. Dans la voiture, nous nous sommes chamaillés à propos du choix de la pharmacie. Comme tous les couples, nous avions développé notre propre langage, un code fait d'associations d'idées et de souvenirs.

« On va chez l'Italienne ?

– Trop chère. Tu veux aller chez la folle ?

– Ils n'ont pas mon après-shampooing, là-bas. Pourquoi pas l'endroit où ils ont des chaussettes ?

– Je déteste cette pharmacie. Et si on allait à la grande ?

– Laquelle ?

– La neuve, près du mauvais resto français.

– Quel mauvais resto français ?

– Celui où on est allés avec Marlene quand elle a pris la soupe avec le…

– Oh ! C'est vrai, oui, oui. Près du restaurant tibétain.

– C'est ça.

– D'accord, on y va. »

À la pharmacie, qui occupait un quart de pâté de maisons, Ed a fait la queue pour prendre ses médicaments pendant que j'allais chercher ma brosse à dents, puis mon après-shampooing. Pour tuer le temps, j'ai flâné au rayon cosmétiques. J'étais en train de regarder un joli rouge à lèvres pourpre lorsque Ed est venu me rejoindre. Il avait ses cachets. Nous avons payé et sommes sortis pour aller déjeuner au restaurant tibétain.

C'est alors qu'a retenti une sonnerie stridente.

« Reculez », a ordonné un agent de sécurité à peine pubère en nous obligeant à repasser devant le portique. Ed et moi sommes retournés dans le magasin, exaspérés. L'agent de sécurité nous a indiqué d'un hochement de tête que nous pouvions ressortir.

Bip, bip, bip.

Il nous a fait signe de rentrer dans le magasin. Nous lui avons obéi.

« Ouvrez vos sacs, s'il vous plaît. »

Nouveau roulement d'yeux exaspéré. Ed a ouvert son sac qui contenait les cachets, la brosse à dents et l'après-shampooing, et fouillé dans sa poche à la recherche du ticket de caisse. L'agent de sécurité a acquiescé et s'est tourné vers mon sac. Je l'ai ouvert en poussant un soupir exagérément profond. Il a regardé au fond du sac et fourré une main à l'intérieur pour en fouiller le contenu : portefeuille, clés, bouts de papier, porte-monnaie. Au bout d'une minute à peine, il l'a ressortie, un tube noir de rouge à lèvres serré entre le pouce et l'index. Le tube était scellé dans du plastique transparent et entouré d'une large languette magnétique blanche.

« Vous avez un reçu ? »

Je l'ai dévisagé, en état de choc. « Il n'est pas à moi.

– Je vais vous demander de me suivre, mademoiselle », a-t-il déclaré en posant la main sur mon bras pour me conduire au fond du magasin. Je me suis dégagée.

« Enlevez votre main de là, putain ! »

L'agent de sécurité nous a regardés tour à tour. « Vous voulez me dire comment ce rouge à lèvres s'est retrouvé dans votre sac ?

– Aucune idée, ai-je répondu sincèrement. Il a dû tomber. Je l'ai regardé, c'est vrai, mais ensuite je l'ai reposé. Franchement, je n'en ai aucune idée. Regardez... » J'ai ouvert mon portefeuille qui contenait plusieurs centaines de dollars en billets de

20. « Vous croyez que j'irais voler un rouge à lèvres à 4 dollars ?

– Il est dans votre sac.

– Écoutez, est intervenu Ed, nous allons le prendre. Qu'est-ce que vous en dites ?

– Mais je n'en ai même pas envie !» ai-je protesté.

Ed m'a ignorée et a lancé à l'agent de sécurité un regard qui signifiait, allez, on est entre mecs, là. « Je le prends. »

Après un silence théâtral, l'agent de sécurité a hoché la tête. Il nous a escortés jusqu'à la caisse où Ed a payé le rouge à lèvres avant que nous ne sortions.

Nous nous sommes dirigés vers le restaurant tibétain en échangeant un regard consterné et en secouant la tête, incrédules. J'ai allumé une cigarette et, pour une fois, Ed n'a pas grogné.

« Je n'arrive pas à y croire, me suis-je exclamée, sincère. Je n'ai rien volé depuis la cinquième. » Quand j'avais 12 ans, ma belle-mère ayant décrété que j'étais trop jeune pour me maquiller, je m'étais mise à voler dans les magasins et ma crise n'avait pris fin que lorsque j'avais été prise sur le fait avec un eye-liner de contrebande.

« C'est peut-être lui qui l'a mis dans ton sac, a remarqué Ed. Il s'est dit que tu n'y verrais que du feu.

– Pourquoi aurait-il fait une chose pareille ? »

Nous avons gardé le silence un moment, réfléchi aux possibles motivations d'une petite fripouille d'agent de sécurité.

« Il a dû tomber, comme tu l'as dit, a conclu Ed avec un haussement d'épaules.

– Ouais. Je suppose que, au moment où je l'ai reposé sur l'étagère, il est retombé.

– Sans doute.

– Sans doute.

– Oui, sans doute. »

Ed a éclaté de rire le premier, et je l'ai imité. J'avais failli être arrêtée dans une pharmacie à cause d'un rouge à lèvres à 4 dollars dont je n'avais même pas envie ! Nous ne nous lassions pas de raconter l'anecdote à nos amis et nos collègues, et même à la mère d'Ed au téléphone. C'était trop drôle. À mourir de rire. Et ce qu'il y avait de plus drôle encore, c'est que, au bout du compte, j'étais contente d'avoir le rouge à lèvres ; c'était un rouge brique foncé que je n'aurais jamais acheté, très différent du brun rosé neutre que je portais d'habitude, mais, le reste de l'été et cet automne-là, j'ai porté le rouge à lèvres presque tous les jours, et lorsque le tube a été terminé, à la mi-novembre, je suis retournée dans la même pharmacie pour en voler un autre.

En sortant du travail quelques jours plus tard, je suis passée devant un minuscule bar situé entre le bureau et la gare. J'étais passée devant des centaines de fois jusque-là sans y accorder la moindre attention. Soudain, j'ai eu envie d'un verre. Un verre. Juste un. Ça faisait des années que je n'étais pas entrée seule dans un bar pour boire un verre. Je me suis arrêtée devant la porte. Ça avait l'air crasseux, à l'intérieur. *Un verre. Un verre vite fait, c'est tout.*

Une heure plus tard, j'en étais à ma troisième tequila, assise au bar avec un homme dont j'avais oublié le nom dès qu'il s'était présenté. Il avait à peu près mon âge, les cheveux courts ébouriffés, un visage séduisant et légèrement ridé. Il avait les bras couverts de tatouages : des carpes japonaises aux yeux globuleux et une sirène aux traits doux au milieu d'un océan de vagues. Exactement le genre d'homme qui me plaisait quand j'avais la vingtaine, avant de rencontrer Ed.

« Je vous en remets un ? » a demandé le barman. J'ai acquiescé. L'homme assis près de moi a souri. Il avait un sourire à tomber. Le barman nous a resservis.

J'ai jeté un coup d'œil autour de moi. Une majorité d'hommes, tatoués pour la plupart, comme mon compagnon de beuverie. Dans un coin de la salle, un groupe de musiciens préparait ou démontait son matériel.

« Tu as une sacrée descente, toi, a commenté l'homme.

– Tu l'as dit », ai-je répondu, mais je ne me sentais pas ivre du tout. Simplement heureuse d'être de sortie et de m'amuser.

★

Je suis rentrée tard et naturellement, chez Ed, l'inquiétude le disputait à la colère. Je n'ai même pas pris la peine de m'excuser ni même d'inventer un mensonge très convaincant.

« J'ai travaillé tard, chéri. »

Edward boudait, assis sur le canapé en caleçon et tee-shirt. « J'étais inquiet, tu aurais pu appeler. »

Je l'ai ignoré et suis allée me déshabiller dans la chambre. Vêtue d'un kimono rouge, je me suis fait couler un bain et j'ai traversé le salon en ignorant toujours Edward.

Qu'il s'inquiète, je me suis dit. Qu'il se rende compte de ce que c'est d'être assis tout seul à regarder l'heure en attendant que son conjoint rentre. Je me suis allongée dans l'eau chaude dans laquelle j'ai versé la moitié du flacon de bain moussant au muguet, offert par Ed le jour de mon anniversaire et que je gardais pour une grande occasion. J'ai senti mon dos et ma nuque se détendre dans la douceur de l'eau chaude. Je savais que nous allions nous disputer dès que je sortirais de la baignoire. Ed me demanderait quel était le problème, je lui répondrais que je n'avais pas de problème et il me dirait que je me comportais comme si j'avais un problème. Et je lui dirais Le problème, je suppose, c'est que tu as l'air de penser que l'un de nous deux peut aller et venir comme ça lui chante tandis que l'autre doit rendre compte de chaque minute de son emploi du temps. Et il demanderait T'étais où, ce soir, bon Dieu ? Et je répondrais Au bureau, comme je l'ai déjà dit. Tu n'as qu'à appeler pour vérifier si tu veux. Et il regarderait le téléphone paresseusement posé sur le petit bureau d'appoint, près des étagères, avant de se tourner vers moi. Laisse tomber, dirait-il. Très bien, répondrais-je. Parfait, ajouterait-il. Nous irions nous coucher en froid et ne nous réconcilierions que le lendemain matin ou le lendemain soir au dîner.

★

Quinze jours plus tard. Une autre soirée à la maison. Un autre dîner de plats préparés tard le soir. Nous nous étions réconciliés depuis notre dernière dispute mais, toujours en froid, faisions preuve d'une prudence polie au lieu d'affection. Après le dîner, nous nous sommes installés ensemble sur le canapé et avons disparu dans nos univers respectifs. Il y avait un documentaire sur la Seconde Guerre mondiale à la télévision. L'arrivée de l'été avait été brutale et il faisait tellement chaud dans le loft qu'Ed, toujours impeccable même à la maison, avait laissé ses habituels pyjamas en coton dans la commode pour ne porter qu'une paire de caleçons propres à rayures bleues et blanches. Il feuilletait un magazine. Je feuilletais un livre sur le mobilier des années cinquante.

J'ai allumé une cigarette. Edward a eu un léger roulement d'yeux. Nous avions passé un accord : je fumerais dans le loft le moins de cigarettes possible, concession faite aux allergies dramatiques dont souffrait Ed. Je l'ai ignoré. Je fumais en lisant mon livre et en écoutant la télévision d'une oreille. La cigarette se trouvait à sa place habituelle, entre l'index et le majeur de ma main droite.

Je me suis dit : *Et si je brûlais Ed avec cette cigarette ?*

Tout le monde a ce genre d'idée, de temps à autre : Et si je brûlais mon mari ? Et si je le poussais du haut de cette falaise ? Et si je sautais du toit ? L'idée m'a traversé l'esprit avant de s'évanouir aussi rapidement qu'elle était venue. J'ai porté la cigarette à mes lèvres pour en tirer une dernière taffe. Et puis, dans mon imagination, je l'ai approchée du petit ramequin à crème anglaise qui me servait de cendrier pour l'écraser. Très mignon, ce ramequin, en porcelaine française, nous en avions eu un service de six pièces comme cadeau de mariage, impossible de me rappeler qui nous les avait offerts. Ce dont je suis sûre, c'est de ne jamais avoir fait de crème anglaise de ma vie, ni avant ni après le mariage. Dans mon esprit, ma main s'approchait déjà de la table et écrasait la cigarette dans le petit ramequin. Mes doigts, aux ongles recouverts d'un vernis brun écaillé, étaient à mes lèvres, le filtre brun suspendu entre l'index et le majeur de ma main droite. J'ai tiré la dernière taffe avant de relâcher mes lèvres. J'étais persuadée que ma main allait descendre vers la table pour éteindre la cigarette.

Pas du tout. Ma main a décrit une rapide rotation sur la droite et planté le mégot incandescent sur la cuisse gauche d'Ed, quelques centimètres au-dessus du genou.

Il a hurlé. J'ai hurlé. J'ai couru chercher de la glace à la cuisine tandis qu'Edward continuait à hurler. Il a sauté du canapé en braillant comme si on l'assassinait.

« Merde ! Putain ! Pourquoi t'as fait ça, putain ? C'est quoi ton problème, bon Dieu ? »

Je suis restée sans voix. Edward s'est rassis sans cesser de jurer. Je me suis installée près de lui et j'ai posé un paquet de petits pois surgelés sur la brûlure. Les cris se sont mués en grommellements avant de laisser place au silence. Il a fermé les yeux et s'est calé contre le dossier du canapé.

« Qu'est-ce qui s'est passé ? » a-t-il demandé au bout de quelques minutes. Il n'était pas vraiment en colère, simplement sous le choc.

« Je ne sais pas. Je n'ai pas fait exprès.

– Je m'en doute !

– Je ne sais pas ce qui s'est passé. J'ai fait un faux mouvement. Je ne l'ai pas fait exprès. Comment te sens-tu ?

– Affreusement mal. Ça fait un mal de chien.

– Je suis désolée.

– Ce n'est pas la peine, a-t-il dit en m'ébouriffant les cheveux. C'était un accident.

– Je t'aime.

– Moi aussi.

– Je ne sais pas ce qui s'est passé. C'est comme si mon bras avait bougé tout seul.

– C'est peut-être une tendinite. La femme de Julian en a eu une à l'épaule et elle n'arrivait même pas à lever le bras. Il partait dans tous les sens.

– Je ne crois pas. Mon épaule va bien.

– Tu as fait un faux mouvement. Un spasme musculaire. »

Je savais que ce n'était pas une tendinite. Mon bras ne partait pas dans tous les sens, il n'avait ni dérapé ni fait de faux mouvement, ne s'était pas abattu tout d'un coup. Il avait bougé tout seul. Il avait exécuté un mouvement très précis du cendrier vers la cuisse d'Edward. Edward n'a rien dit, et moi non plus. Il n'y avait rien à dire.

★

Le lendemain, j'ai pris *Possession démoniaque d'hier à aujourd'hui* dans la bibliothèque et répondu une nouvelle fois au petit questionnaire. Pas que je l'aie pris au sérieux. Pas que j'aie cru une seule seconde à cette histoire ridicule de démon ou de diable censé m'influencer.

Êtes-vous possédé par un démon ?

1. J'entends des bruits étranges chez moi, surtout la nuit, qui d'après mes proches ne se produisent qu'en ma présence.

2. J'ai de nouveaux passe-temps ou activités qui ne me ressemblent pas, et agis de manière incompréhensible.

3. Je manque de patience et me montre irritable avec mes proches et les êtres qui me sont chers.

4. Je comprends des langues étrangères que je n'ai jamais apprises et sais certaines choses qu'il me serait impossible d'apprendre par des moyens ordinaires.

5. Je souffre de pertes de mémoire que l'on ne peut attribuer ni à la drogue, ni à l'alcool, ni à une maladie chronique.

6. J'ai de drôles d'idées depuis peu, j'entends des voix.

7. J'ai eu des visions, j'ai rêvé de personnages susceptibles d'être des démons.

8. Un voyant, un prêtre ou autre conseiller spirituel m'a dit que j'étais possédé.

9. J'éprouve l'envie de blesser ou de tuer des animaux ou des êtres humains.

10. J'ai blessé ou tué des animaux ou des êtres humains.

Cette fois, j'ai obtenu 5 sur 10.

0 – 3 : Vous n'êtes probablement pas possédé. Consultez un médecin ou un psychologue pour un examen.

3 – 6 : Vous pourriez fort bien être envoûté, ou au premier stade de la possession. Ne vous alarmez pas. Demandez l'aide d'un conseiller spirituel.

6 – 10 : Vous êtes possédé. Consultez immédiatement votre conseiller spirituel. Vous pourriez constituer une menace pour votre famille et vous-même.

J'ai poursuivi la lecture :

« Parmi les autres signes de possession, on compte les transformations qui interviennent dans l'apparence et la personnalité de la victime, des changements pouvant s'avérer si subtils que l'entourage de la victime est incapable de mettre le doigt sur ce qui a changé exactement. En règle générale, on doit s'attendre à une agressivité accrue. Cependant, jusqu'aux derniers stades de la possession, la vie quotidienne de la victime reste dans une large mesure inchangée… Dans presque tous les cas, elle se voit brusquement dotée d'un don de voyance : voilà l'un des premiers signes incontestables auquel se fier en cas de doute. Autre caractéristique courante : le besoin insatiable d'être désiré par les personnes du sexe opposé. »

★

En sortant de chez le coiffeur le lendemain après-midi, je suis tombée sur une connaissance, Bernadette Schwartz, une collègue d'Ed. Elle avait été mannequin dans sa jeunesse et avait toujours une allure folle, grande et superbe, avec de longs cheveux châtains magnifiques. Je la connaissais un peu pour l'avoir rencontrée dans les soirées de fin d'année, et nous nous sommes saluées. Elle m'a dévisagée intensément.

« Qu'est-ce qu'il y a ? m'a-t-elle demandé en me dévisageant de ses grands yeux marron, désormais hideux et accusateurs.

– Pardon ?

– Vous. Vous vous êtes fait opérer ?

– Opérer ?

– Un lifting des paupières ou quelque chose ? Ou alors, ce sont vos dents. Il y a quelque chose de différent chez vous.

– Ah bon ? » Je me suis regardée dans le miroir face à nous. Un miroir posé derrière nous se reflétait dans le premier, et j'ai eu l'impression d'être à la fête foraine avec cette infinité de miroirs qui tous me renvoyaient mon image. C'était vrai que j'avais l'air différente ; comme après une bonne nuit de sommeil ou même trois cent soixante-cinq nuits de sommeil réparateur. J'avais le teint éclatant et mes yeux brillaient, mes traits étaient détendus, j'avais la peau lisse comme la soie, débarrassée de toutes les ridules héritées de trente-quatre années d'existence.

« Je sais, s'est écriée Bernadette : vous êtes enceinte ! »

Je me suis frotté les yeux en secouant la tête avant de me regarder dans le miroir. Il me renvoyait mon image un peu hagarde, en train de m'observer. Bernadette a froncé les sourcils.

« Une nouvelle coupe de cheveux ? a-t-elle risqué, moins sûre d'elle désormais.

– Je les ai simplement fait égaliser. Ce doit être

le temps. L'humidité a toujours été bonne pour ma peau. »

★

Lorsque je suis sortie de la gare ce soir-là, le berger allemand m'attendait comme d'habitude, assis tranquillement comme je le lui avais appris. Nous avions une routine bien huilée : il ne se levait pour m'embrasser (la seule hardiesse que je tolérais de sa part) qu'une fois reçu son premier biscuit. J'ai approché de l'angle où il attendait, assis. D'habitude, il agitait déjà la queue le temps que j'arrive et un grand sourire baveux lui éclairait la gueule. Mais il restait assis à bouder, comme si je ne m'étais pas montrée du tout. Il a tourné la tête en me voyant, puis m'a regardée sans me reconnaître. J'ai pris un biscuit en forme d'os de bande dessinée dans mon sac et le lui ai tendu.

Il a reniflé le biscuit et levé ses grands yeux humides vers moi, sans l'accepter. Son dos et ses épaules se sont raidis et il a grogné en découvrant une rangée de dents jaunies. J'ai laissé tomber la friandise et j'ai couru jusqu'à la maison.

Lorsque Ed est rentré, je lui ai raconté ce qui s'était passé.

« Tu vois, je t'avais bien dit de ne pas fricoter avec les chiens errants. »

Pour Ed, le simple fait qu'un être soit vivant ne signifiait pas qu'on était forcé de l'aimer.

Je n'étais pas obsédée par l'incident de la brûlure de cigarette. Je ne pensais pas grand-chose du livre *Possession démoniaque*. Ed était assez facilement passé à autre chose. Bon, d'accord, j'avais fait un faux mouvement. J'avais dérapé. J'avais eu un spasme musculaire. C'était l'été, et le soleil tapait si fort qu'il était difficile de penser aux démons, difficile de penser à la souffrance.

Mais quinze jours plus tard, chez les Fitzgerald, j'ai dérapé, encore une fois.

J'avais décidé de devenir architecte à l'âge de 20 ans. J'avais emménagé en ville l'année de mes 18 ans pour aller à l'université où j'avais commencé par faire les beaux-arts. J'étais amoureuse de l'école, de la ville, de la neige. Je venais d'une banlieue du sud du pays où, la nuit, la moindre petite étoile était visible et où le thermomètre ne descendait jamais au-dessous de 10 degrés. Je venais de vivre dix-huit années d'ennui permanent. Et puis, l'année de mes 20 ans, mon père et Noreen étaient morts sans rien me laisser. Tout ce qui aurait pu et aurait dû me revenir avait été englouti dans les fourrures et les soins de beauté de Noreen. J'avais dû me lancer dans le processus labyrinthique me permettant de postuler à une bourse et, pour honorer ma part du marché, avais obtenu un emploi au secrétariat du département d'architecture. J'avais remarqué un détail concernant les architectes : ils étaient bien mieux habillés que les professeurs d'art plastique. Et ils avaient de plus belles voitures aussi. Et ils semblaient aussi beaucoup plus susceptibles d'avoir un compagnon et même des enfants. Alors, je m'étais lancée dans des études d'architecture. Après l'obtention de mon diplôme, j'avais travaillé pour l'un de mes professeurs pendant un an avant de passer quelques années dans un grand cabinet sans jamais rencontrer trois des quatre associés ; puis j'étais entrée chez Fields & Carmine où je travaillais depuis trois ans.

La maison des Fitzgerald était mon plus gros projet en date. J'avais de grands espoirs : si tout se passait comme prévu, je pouvais prétendre à une récompense de l'AIA, la Société américaine des architectes, et peut-être à un reportage dans *Design Monthly*, sans parler des recommandations des Fitzgerald et de leurs amis fortunés. Si tout allait bien, le projet plus ambitieux visant à ouvrir un jour mon propre cabinet d'architectes pourrait être accéléré de plusieurs années.

Le chantier Fitzgerald me rappelait la phrase de Michel-Ange à propos de son *David* : il avait vu sa figure dans le bloc de marbre et s'était contenté de ciseler jusqu'à l'en libérer. Les Fitzgerald, un gentil couple de millionnaires de mon âge, avaient acheté un vieux manoir victorien dans un quartier défavorisé de la ville. Même avec un budget illimité, ils n'avaient pu trouver ailleurs le genre d'espace qu'ils recherchaient. La gigantesque maison victorienne avait d'abord été divisée en trois appartements avant d'être de nouveau divisée en douze chambres meublées. On aurait pu passer des heures à imaginer qui avait pu loger dans ces chambres, mais passons. Ma mission consistait à refaire de la pension un manoir. Je travaillais en collaboration avec une équipe de designers, décorateurs, plombiers, électriciens, peintres, chauffagistes, menuisiers et charpentiers qui tous allaient « ciseler » cloisons, extensions et ornements afin de pouvoir délivrer la maison des Fitzgerald de sa gangue.

Un mercredi matin, je suis passée chez eux en partant au bureau pour constater l'avancée des travaux. Il n'y avait personne. Il n'était que 8 h 30 et les ouvriers n'arriveraient pas avant 9 ou 10 heures. Il faisait frais dans la maison. De rares rais de lumière filtraient à travers les volets clos. Tout était calme et il planait une odeur de poussière et de plâtre. J'ai traversé le rez-de-chaussée. La moitié des cloisons avaient été abattues. Les ouvriers n'avaient pas encore commencé à nettoyer et des gravats s'entassaient près de chambranles vides et de poutres en acier. À terme, tous les murs seraient démolis et le rez-de-chaussée deviendrait une sorte de loft : une grande pièce à vivre comprenant cuisine, salle à manger, salon.

J'ai grimpé l'escalier en évitant de toucher l'épaisse couche de poussière sur les rampes en acajou. La maison était terriblement crasseuse. Mes pas résonnaient contre des mètres de doubles cloisons blanches. À l'étage, nous allions réaménager les quatre chambres d'origine pour obtenir un bel équilibre entre espace et intimité. Ce serait génial lorsqu'ils auraient des enfants. Pour l'instant, chacune des chambres était divisée en deux pauvres alcôves. Vestiges des autres vies de la maison, quelques objets traînaient encore çà et là : un yo-yo à la ficelle cassée posé dans un coin ; une cravate marron tachée pendue à un crochet, au mur ; une chaussure noire et usée s'attardait dans un couloir. Tout semblait normal. Je suis descendue au rez-de-chaussée et m'apprêtais à partir lorsque j'ai remarqué un détail auquel je n'avais pas fait attention jusque-là. Une poignée en verre rouge sur la porte de la salle à manger.

J'aurais pu jurer qu'elle n'était pas là avant. En fait, j'aurais pu jurer n'en avoir jamais vu de semblable. J'avais bien remarqué quelques poignées de porte en verre taillé dans la maison, et même une violette. Rien d'extraordinaire. Mais un bouton de porte en verre rouge dépoli, ni rayé ni ébréché : j'étais sûre de ne jamais en avoir vu de tel auparavant. Dans cette maison blanche et triste, je découvrais ce parfait petit cercle rouge.

Je me suis dit : *Il me le faut.* J'ai pris un tournevis dans la petite trousse à outils qui ne me quittait jamais, me suis attaquée aux minuscules vis du support métallique et, en l'espace de deux minutes, j'avais récupéré la poignée. Je l'ai fourrée dans mon sac et suis sortie.

Ce n'est qu'une demi-heure plus tard que j'y ai repensé. J'attendais le train pour le bureau lorsque je me suis rendu compte avec horreur que je venais de voler un élément de la maison de mes clients. Et s'ils le découvraient ? Et si les Fitzgerald remarquaient l'absence de leur bouton de porte ? Ma carrière ruinée pour un bouton de porte. L'idée de m'en débarrasser m'a traversé l'esprit. Je savais que j'aurais dû le rapporter.

Mais je n'ai fait ni l'un ni l'autre. J'en avais envie et je l'ai gardé.

Chez moi, j'ai placé mon magnifique rubis neuf sur la porte de la salle de bains. J'étais déjà couchée quand Ed est rentré à la maison ce soir-là, et il n'a remarqué la nouvelle poignée de porte que le lendemain. Je lui ai dit que je l'avais achetée dans un magasin de design. Nous étions debout devant la porte de la salle de bains, encore en sous-vêtements. Ed avait l'air étonné.

« Je ne sais pas. Tu penses que ça va ?

– Oui. C'est parfait.

– Elle est rouge, a-t-il ajouté en fronçant les sourcils.

– Je sais. C'est justement ce qui me plaît chez elle.

– C'est vif. Tu ne penses pas que c'est trop vif ?

– On la garde. » Ed m'a jeté un regard interrogateur. « On la garde », ai-je répété avant d'aller m'habiller dans la chambre.

★

J'étais en route pour le bureau ce matin-là lorsqu'une limousine de la taille de deux conduites intérieures qui avait pris un virage trop près du trottoir m'a éclaboussée avec l'eau du caniveau. Sans réfléchir, je me suis approchée de la portière côté conducteur de la voiture, prise dans un embouteillage, et j'ai tapé contre la vitre teintée et glacée. Pas de réponse. J'ai recommencé, assez fort cette fois pour faire trembler la vitre sur la portière. Un chauffeur en costume et casquette à visière plastifiée a ouvert la vitre. Il avait le teint rosé, les cheveux cuivrés tirés en queue-de-cheval et une moustache cuivrée pour couronner le tout.

« Ouais ? a-t-il dit en me jetant un regard mauvais.

– Vous devriez vous excuser.

– C'est quoi ce bordel ?

– Vous devriez vous excuser. Tout de suite. » En penchant la tête par la fenêtre, j'ai senti l'odeur de propre et de cuir de la voiture. Deux possibilités s'offraient à présent au chauffeur : s'excuser ou m'obliger à m'éloigner de la voiture. Il a fait une grimace et juré à voix basse.

« Je suis désolé, a-t-il fini par lancer, sarcastique. Je suis sincèrement désolé, putain. Alors maintenant, tu dégages. »

Je me suis éloignée et le chauffeur a remonté la vitre. Elle m'a renvoyé mon reflet. Déformée par le verre, ma chevelure avait l'air plus longue et plus foncée, ma peau plus lisse et mes lèvres aussi rouges que la poignée de porte rubis.

★

Nous étions étendues sur la plage écarlate près de la mer rouge sang. Les lettres de son nom se détachaient toujours sur le sable.

« Tu m'appartiens », a-t-elle dit en me léchant la joue de sa langue aussi dure et humide qu'un serpent.

J'ai plongé mon regard dans le sien. « Tu ne me quitteras jamais ?

– Jamais. » Elle a resserré son étreinte. « Jamais, jamais, jamais.

– Pourquoi moi ? »

Au lieu de répondre, elle a souri et m'a léché le nez.

À mon réveil, je sentais encore la trace humide sur mon visage.

★

Ed et moi avons eu une nouvelle dispute le lendemain matin. Ces derniers temps, je n'étais pas aussi soigneuse et ordonnée que d'habitude, ce qui le rendait dingue.

« Amanda, s'il te plaît », a-t-il imploré en regardant une pile de vêtements portés la veille et abandonnés sur le parquet de la chambre. Debout au milieu de la pièce, en chaussettes, sous-vêtements et chemise bleu clair, il lançait un regard mauvais à la pile de vêtements.

D'habitude, je les aurais ramassés et déposés dans le panier à linge où, après tout, ils auraient été à leur place. Ce matin-là, cependant, je n'avais aucune envie de ramasser mes affaires. Sans raison précise. Je n'avais simplement pas envie de le faire.

« Oui ? » J'étais encore au lit – disons plutôt que je m'étais recouchée après m'être réveillée et être allée chercher une tasse de café, une cigarette et un cendrier. J'allais être un peu en retard au travail, et après ?

« Amanda, tes affaires ! » Ed était visiblement agacé à présent et se dandinait, partagé entre le fait de prendre une ou deux minutes de retard sur son emploi du temps et celui de gérer cette situation critique.

« Qu'est-ce qui ne va pas ? »

Ed a grimacé et m'a dévisagée d'un œil inquiet pendant un long moment. Il avait l'air ridicule et j'avais du mal à ne pas éclater de rire.

« Oh, oublie ! » s'est-il écrié avant de ramasser lui-même les vêtements. Ne voulant pas prendre davantage de retard sur son emploi du temps, il a abandonné. J'étais sûre qu'il m'en reparlerait le soir en rentrant.

Je commençais à faire lentement le lien. Par une matinée d'été ensoleillée, j'étais assise dans la salle de conférences en train d'examiner le plan du cottage de Linda Marcello pour la n-ième fois. Linda Marcello était une cliente de longue date de Fields & Carmine. Nous rénovions sa maison de vacances au nord de l'État. Linda était difficile : elle voulait de la lumière à l'ombre, elle voulait rendre « lumineuse et spacieuse » une pièce aux murs caramel, elle voulait une terrasse sans aucun support visible. Je rêvassais, m'imaginais dehors, dans un parc ou à la plage. En montrant l'emplacement d'un dressing à Linda, ma main a frôlé la sienne. Au contact de sa peau, je l'ai vue assise sur un canapé en velours marron dans la pièce aux murs caramel qui n'était ni lumineuse ni spacieuse. J'ai vu la scène aussi distinctement que si un film avait défilé devant mes yeux. Elle était assise sans rien faire sur le canapé en attendant le retour de son mari. Il aurait dû être de retour depuis des heures. L'ennui était insoutenable. Elle a balayé la pièce du regard. Qu'est-ce qui lui avait pris de choisir ce marron ? Cet endroit avait de quoi vous rendre dingue. Elle aurait voulu sortir mais il n'apprécierait pas qu'elle ne soit pas là à son retour. Et puis le film s'est arrêté, remplacé par une nouvelle scène : Linda, de dix ans plus jeune, dans un appartement lumineux et désordonné à l'atmosphère douillette, en compagnie de deux autres jeunes femmes. Elles buvaient du vin en riant – je n'arrivais pas à comprendre tout ce qu'elles disaient, mais c'était le genre de conversation à cœur ouvert qu'ont les jeunes femmes à propos des hommes. Elles voulaient toutes épouser un homme riche. Linda y était parvenue.

L'épisode n'avait duré que quelques secondes. Linda ne se doutait de rien. À présent, je savais exactement quoi lui dire.

« Avez-vous lu le journal ce matin ? ai-je demandé à Linda qui a secoué la tête. Le jugement est enfin tombé dans l'affaire Marsha Merkon. Vous savez, le mannequin, enfin, je veux dire, l'ancien mannequin mariée au patron de Bluechips Securities.

– Ah vraiment ? » Linda s'est retournée pour me regarder avec grand intérêt – je crois bien que c'était la première fois qu'elle m'adressait un regard. C'était l'un de ces grands procès de divorce avec suffisamment d'argent et d'accusations sordides en jeu pour pouvoir faire la une des journaux à scandale les jours où les journalistes n'avaient pas grand-chose à se mettre sous la dent. Je savais que Linda devait certainement suivre l'affaire.

« Ouep. Elle a obtenu 20 millions. Et puis, vous savez, elle n'a même pas 50 ans. Maintenant, elle a 20 millions et toute la vie devant elle. Vous savez ce qu'elle a déclaré ?

– Non ?

– Qu'elle aurait divorcé de toute façon, même si cela signifiait ne rien obtenir du tout. Que cela faisait dix ans qu'elle ne s'était pas sentie aussi jeune.

– Ah ? » s'est écriée Linda. Elle souriait à présent, ses yeux brillaient presque autant que dans ce petit appartement miteux, quand elle parlait à ses amies. « Je l'ai rencontrée deux ou trois fois dans des cocktails, vous savez. Elle n'était pas du tout celle que les journaux dépeignaient. C'était quelqu'un de très gentil. Nous avons même évoqué le fait de déjeuner ensemble un jour.

– Eh bien, c'est sans doute le moment de l'appeler. Vous pourriez l'inviter pour fêter ça.

– C'est elle qui pourrait m'inviter avec ses 20 millions », a rétorqué Linda en riant.

Le lendemain soir, quand j'ai touché la main du boucher en payant mes deux steaks, j'ai vu l'intérieur propre et chaleureux où il vivait avec sa femme et ses deux jeunes fils. Quelques jours plus tard, j'ai vu que le type qui me vendait mon café le matin me détestait. Il nous détestait tous, nous qui étions en route vers nos bureaux confortables et nos boulots faciles alors qu'il se levait à 3 heures du matin pour nous servir nos sacro-saints cafés.

Ce nouveau don de voyance m'a plus ou moins accompagnée tout au long de l'été sans que je sache jamais vraiment quoi en penser. La plupart du temps, j'ignorais les clichés qui prenaient vie devant mes yeux clos, ayant décidé qu'ils n'étaient que fantasmes – j'avais toujours été très rêveuse.

Je n'en ai rien dit à Ed. C'était un fervent agnostique pour qui tout ce qui fleurait la métaphysique ou le surnaturel n'était que balivernes.

★

Le berger allemand continuait à m'ignorer. Chaque soir, il attendait, assis devant la gare, sans me reconnaître quand j'arrivais. Ed connaissait le chien lui aussi et me racontait que tous les soirs lorsqu'il rentrait, deux ou trois heures après moi, le chien était toujours en train d'attendre. Ed s'arrêtait pour caresser cette brave bête qui lui faisait la fête, comme toujours – il n'y avait que moi, et moi seule, qu'il ne connaissait plus.

« Où étais-tu passée ? » C'était James Cronin. Un lundi après-midi chez Fields & Carmine. James occupait le bureau à côté du mien et nous ne nous étions jamais entendus. Avec James, tout n'était que compétition ; maintenant, il voulait jouer à celui qui avait eu la pause déjeuner la plus courte.

« Au café, ai-je répondu, je mangeais un hamburger.

– Ça t'a pris deux heures ? » a dit James en haussant les sourcils.

J'ai roulé des yeux. « Comment ça, deux heures ? Je suis partie à 13 heures et il est à présent… » J'ai consulté ma montre. 15 heures. Ça n'était pas possible. Je me suis penchée pour regarder la pendule sur le bureau de James. 15 heures. Cela concordait.

J'ai passé en revue les heures qui venaient de s'écouler en tentant de comprendre la situation. J'étais allée prendre un hamburger chez Pete, j'étais passée chez le marchand de journaux au coin de la rue avant de retourner au bureau. J'avais regardé ma montre en chemin et vu qu'il était moins cinq. Cinquante-cinq minutes de pause.

Impossible. Et pourtant. James me fixait de ses grands yeux gris. J'avais l'impression que le sol tanguait sous mes pieds, d'un côté puis de l'autre. J'ai essayé de remettre un peu d'ordre dans mes idées. Je me suis mise en mode urgence : la priorité, c'était de gérer la curiosité de James Cronin.

« Ah oui ! c'est vrai, je suis bien sortie à 13 heures », lui ai-je dit comme si je ne venais pas de prononcer exactement la même phrase sur un ton différent une minute plus tôt. « J'avais quelques courses à faire. »

Je lui ai tourné le dos pour m'installer à mon bureau et passer à nouveau en revue cette heure – non, ces deux heures. D'abord, j'étais allée prendre un hamburger au café. C'était la même serveuse que d'habitude, la brune fatiguée. En mangeant, j'avais lu le journal que j'avais laissé au café en partant. Ensuite, j'étais allée chez le marchand de journaux au coin de la rue, au bout du pâté de maisons. J'avais feuilleté quelques magazines féminins avant de prendre *Architectural Record*. Il y avait un petit article sur ma compagnie dans la colonne « À suivre ». Nous en avions évidemment une copie au bureau mais je voulais le montrer à Ed. J'avais vérifié l'heure : 13 h 40. Rien ne pressait. Je feuilletais quelques magazines féminins, un plaisir coupable, quand :

« Hé ! Hé ! Vous n'avez pas le droit de lire ces magazines ici. Vous les prenez ou vous ne les prenez pas, mais pas question de les lire ici. »

Je me suis retournée : c'était le gérant du magasin.

« J'ai pris celui-là et je réfléchis en ce qui concerne les autres. » Mon accès de colère n'avait duré qu'une ou deux secondes. Il était ridicule, ce type. Comment les gens étaient-ils censés se décider sans regarder d'abord ? L'extrême absurdité de la situation m'avait frappée : voilà un type qui essayait de persuader ses clients de ne rien lui acheter. Il devait sans doute se demander tous les soirs en rentrant chez lui pourquoi les affaires n'étaient pas meilleures.

Et puis de nouveau : « Vous le prenez ou pas ? Décidez-vous, madame. » J'aurais volontiers tourné les talons mais cela faisait plus d'une semaine que j'essayais de dénicher ce magazine (presque exclusivement disponible sur abonnement et difficile à trouver chez les marchands de journaux). Je me suis approchée de la caisse.

« Vous êtes très grossier, vous savez. Comment peut-on acheter quelque chose sans regarder avant ? » Je lui ai tendu un billet de 5 dollars et deux pièces de 25 cents.

« Si vous n'êtes pas contente, vous sortez. J'ai pas besoin de ça. »

La colère montait en moi. Tout ce que je voulais, c'étaient quelques magazines et je me faisais agresser. « Je sors et vous ne me reverrez plus. »

J'ai tourné les talons. « Espèce de connasse », l'ai-je entendu murmurer.

Je l'ai ignoré. Quel taré. Comment ce genre de type avait-il pu en arriver à gérer un commerce ? J'ai allumé une cigarette et tiré quelques taffes. J'étais toujours en colère, même si j'en avais honte.

J'aurais dû être au-dessus de ça et ne pas prendre au sérieux ce misogyne débile.

J'ai vérifié l'heure. Il me restait un quart d'heure. Si je prenais le chemin le plus long pour rentrer au bureau, en empruntant les rues plutôt que l'avenue, j'occuperais mon temps agréablement. Je pourrais fumer une autre cigarette et me détendre. La matinée avait été stressante, des problèmes avec les électriciens chez les Fitzgerald et maintenant cette dispute idiote avec un inconnu. Je m'apprêtais à me mettre en route lorsqu'une femme, ou peut-être un homme aux cheveux longs, est passée en trombe devant moi et a failli me faire tomber. J'ai trébuché avant de me rattraper. Coursiers à la con.

Et là, le passage à vide. M'attendant à être bousculée par le coursier, j'avais fermé les yeux une seconde. J'avais fermé les yeux et eu un passage à vide, ou perdu connaissance. J'avais une cigarette à la main, il faisait lourd et une odeur nauséabonde flottait au coin de la rue, le coursier était passé en trombe, j'avais perdu l'équilibre, trébuché et, à ce moment-là, j'arrivais à peine à m'en souvenir, un voile noir m'était passé devant les yeux et j'avais eu l'impression que mes pieds ne touchaient plus terre.

L'impression était passée comme elle était venue et je m'étais retrouvée devant le magasin du marchand de journaux au coin de la rue. La cigarette avait disparu. Je ne me souvenais pas de l'avoir éteinte. Bien sûr, ce n'est pas le genre de détail dont on se souvient, pas quand on fume un paquet par jour. Pas au rythme de vingt mégots par jour.

Où était le magazine ? J'ai cherché sur mon

bureau. Il n'y était pas. Je me revoyais près du magasin. Après que le coursier s'était éloigné, j'avais secoué la tête, pris un moment pour reprendre mes esprits. Un léger vertige, c'est tout. J'avais remonté la rue pour regagner le bureau, fumé une autre cigarette, m'étais arrêtée pour admirer un magnifique rosier dans un jardin. J'avais vérifié l'heure avant d'entrer dans l'immeuble. Cinquante-cinq. Exactement ce que je pensais. Mais je n'avais porté mon attention que sur l'aiguille des minutes, pas celle des heures. Alors, où était passé le magazine ? Je ne l'avais pas en retournant au bureau. Je me rappelais avoir eu les deux mains libres quand j'avais fouillé mon sac en quête de mes cigarettes et de mon briquet. Je n'avais ni cigarette ni magazine.

J'ai réfléchi pendant quelques secondes avant de trouver une réponse : je m'étais évanouie. C'était la seule explication plausible. J'avais simplement cru trébucher en évitant le coursier, mais en réalité je m'étais évanouie. J'étais restée inconsciente pendant une heure, m'étais relevée et étais retournée travailler inconsciente de ce qui s'était passé, sans avoir attiré l'attention d'aucun passant, et puis j'avais oublié l'incident. Assise à mon bureau, j'envisageais de me rendre aux urgences. Non, j'allais bien à présent.

C'était typique des habitants de la ville d'ignorer quelqu'un qui avait besoin d'aide. Évidemment, le marchand de journaux avait dû tout voir à travers la vitre mais il ne risquait pas de lever le petit doigt pour me venir en aide. J'ai appelé Edward au bureau mais il s'était absenté. Le reste de la journée s'est déroulé sans incident et, à 18 heures, je suis rentrée chez moi. Ed avait laissé un message sur le répondeur : il rentrerait tard, encore une fois. J'ai mangé un bol de céréales à la table de la cuisine, ayant presque oublié mon évanouissement jusqu'à ce que j'entre dans la chambre pour me déshabiller et passer mon pyjama. Sous ma veste, sur l'épaule gauche de ma chemise, j'ai remarqué une éclaboussure, de petites taches marron.

Cela ressemblait à du sang. Cela y ressemblait au point de ne pas pouvoir être autre chose que du sang. J'ai passé une nouvelle fois les événements en revue. C'est alors que je me suis souvenue de mon déjeuner au café : un hamburger saignant. Mystère élucidé. La tache datait du déjeuner. Du sang avait giclé de mon hamburger, évité ma veste pour éclabousser l'épaule de ma chemise juste en dessous, après quoi je m'étais évanouie, m'étais relevée et avais tout oublié. Aussi simple que ça.

Edward est rentré à 21 heures avec des plats préparés mexicains pour le dîner et une brassée d'excuses. Je lui ai raconté ce qui s'était passé et, choqué, il m'a interrogée avec la froideur d'un médecin des urgences. Qu'avais-je mangé ce jour-là ? Est-ce que j'avais mes règles ? Avais-je bien dormi la nuit précédente ? Comment me sentais-je à présent ?

J'ai hurlé : « Pourquoi cet interrogatoire ? » Je me sentais bien, j'avais l'air en forme et j'ai fini par le persuader que tout allait bien.

Quelques jours plus tard, je regardais le journal télévisé. Ed était toujours au bureau. Le soleil venait de se coucher ; une lumière grisâtre filtrait à travers les vitres et venait se fondre dans la lueur bleutée de l'écran au milieu de la pièce. J'étais assise sur le canapé, encore sur le point d'avaler des plats préparés, pad thaï et salade de papaye verte.

Un visage vaguement familier est apparu à l'écran. Homme d'âge moyen, le contraire de séduisant. Où l'avais-je déjà vu ?

« Les obsèques de Kareem Singh ont eu lieu aujourd'hui », commentait une voix féminine. Image du cimetière d'un quartier défavorisé et surpeuplé de la ville. « Le marchand de journaux a été assassiné à coups de cutter lundi après-midi au cours de ce que la police qualifie de tentative de vol. »

Évidemment. Cet abruti de marchand de journaux. Quelle horreur. Mais cela ne me surprenait pas, vu comment il s'était comporté. Il avait sans doute dû dire ce qu'il ne fallait pas à la mauvaise personne. Et j'étais dans son magasin, ce lundi après-midi-là, cela avait dû se passer juste avant…

Pendant un court instant, une fraction de seconde, l'idée m'a traversé l'esprit. Mais l'étincelle s'est éteinte à la seconde même où elle a jailli. Impossible. Les informations se sont succédé, la journaliste est passée à autre chose, et moi aussi.

Ce n'est qu'avec le recul, plusieurs mois plus tard, que je devais prendre conscience que c'était certainement moi qui avais assassiné le marchand de journaux.

Ce week-end-là, nous nous sommes rendus au musée des Arts asiatiques pour y admirer une exposition exceptionnelle de meubles japonais période Meiji, les préférés d'Edward. Après avoir sillonné l'exposition, nous nous sommes attablés au café du musée devant un élégant déjeuner composé de salade de cresson et de sandwichs au saumon – un peu trop élégant, je suppose, puisque peu après nous avions de nouveau faim et arpentions le parc à la recherche des vendeurs de hot dogs et de bretzels.

Au cours de notre promenade, nous sommes tombés sur Alex, Sophia et Claire, leur fillette de 6 ans. Je n'aimais pas Alex et Sophia. Tout ce qui m'agaçait chez Ed était amplifié chez Alex et Sophia. Ils travaillaient dans la finance, je ne sais pas exactement à quel titre, et se faisaient un fric fou. Leur appartement au sol recouvert d'une absurde moquette blanche, qu'une femme de ménage était payée pour astiquer deux fois par semaine, était écœurant de netteté et de fadeur.

Heureusement, Claire les accompagnait et cela m'a fait une distraction quand nous nous sommes rencontrés. Tandis qu'Ed et ses amis discutaient de la promotion d'Alex, censée passionner les foules, Claire et moi avons marché jusqu'au lac pour regarder les cygnes. Ces oiseaux magnifiques pouvaient se montrer agressifs, ai-je expliqué à Claire en chemin. Tant qu'ils ne se sentaient pas menacés, tout allait bien, mais si nous les approchions de trop près, ils essaieraient de nous pincer.

Arrivées au bord de l'eau, nous avons passé une ou deux minutes à regarder quatre cygnes se lisser les plumes de leur solide bec orange. Et puis Claire s'est tournée vers moi – enfin, pas exactement vers moi mais dans ma direction, un peu sur ma gauche. Elle a recommencé plusieurs fois et je me suis retournée pour voir si quelque chose d'intéressant était en train de se passer. Mais je savais qu'une petite fille pouvait trouver fascinant un brin d'herbe bizarroïde ou un bouchon abandonné par terre, aussi n'y ai-je pas trop prêté attention.

Et puis Claire s'est tournée vers moi en me demandant : « Tu es sûre ?

– Sûre de quoi, ma chérie ? »

Elle m'a ignorée. « D'accord. » Elle m'a alors lâché la main pour courir au bord de l'eau et essayer de caresser le cygne le plus proche de nous. L'oiseau a tendu son long cou vers la fillette en lui lançant un regard mauvais. Tout s'est passé en un éclair. J'ai couru après Claire, l'ai prise dans mes bras et j'ai sauté en arrière. Le cygne nous a poursuivies en se dandinant sur la berge.

« Hé ! Dégage ! » L'oiseau s'est arrêté et m'a dévisagée de ses yeux fourbes. J'ai remonté la berge en courant et en portant Claire comme un sac de pommes de terre. Au bout de quelques mètres, je l'ai posée par terre et nous sommes allées retrouver ses parents.

« Claire, pourquoi tu as fait ça ?

– C'est elle qui m'a dit de le faire, a répondu la petite, l'air boudeur et les sourcils froncés. Elle m'a dit que j'avais le droit !

– De quoi tu parles ? Personne ne t'a dit de faire quoi que ce soit.

– Elle ! » a insisté Claire, frustrée. Elle désignait un point à ma gauche, à peu près à l'angle vers lequel elle regardait plus tôt. « Ton amie.

– Qui ça, ma chérie ?

– La dame qui est toujours avec toi. » Elle a baissé les yeux en faisant la moue.

Lorsque nous avons rejoint le petit groupe, j'ai dit à Sophia que Claire racontait des histoires.

★

Ce soir-là, j'ai de nouveau répondu au questionnaire de *Possession démoniaque d'hier à aujourd'hui*.

0 – 3 : Vous n'êtes probablement pas possédé. Consultez un médecin ou un psychologue pour un examen.

3 – 6 : Vous pourriez fort bien être envoûté, ou au premier stade de la possession. Ne vous alarmez pas. Demandez l'aide d'un conseiller spirituel.

6 – 10 : Vous êtes possédé. Consultez immédiatement votre conseiller spirituel. Vous pourriez

constituer une menace pour votre famille et vous-même. Consultez les pages « Pratique » du présent ouvrage pour trouver l'adresse d'un professionnel qualifié près de chez vous.

Sœur Maria, conseillère spirituelle, était la spécialiste la plus proche de mon domicile. Quel mal cela pourrait-il bien faire ? me demandais-je. J'avais toujours eu envie de consulter une voyante, juste pour voir comment elles se débrouillaient – les trucs dont elles pourraient se servir, l'entrée en matière –, parce que, bien sûr, il n'y avait rien de fondé dans tout ça. Je ne croyais évidemment ni aux voyants, ni aux spirites, ni au diable, ni aux démons. Au mieux, cette Maria serait une personne intelligente dotée d'une forte intuition qui pourrait m'éclairer un peu sur les changements dont ma personnalité était victime ces derniers mois. *Prenez le temps de vous détendre*, me conseillerait-elle sans doute. *Prenez de la vitamine C.* Au pire, ça me ferait bien marrer. J'utilisais souvent cette expression cette année-là. Et l'adjectif « curieux », aussi. Voilà ce que je dirais à Ed s'il découvrait que je n'étais pas chez les Fitzgerald ce jour-là, contrairement à ce que je lui avais dit – c'était juste pour me marrer, lui dirais-je. J'étais curieuse.

À l'extrémité nord de la ville, dans la rue où était située la boutique, le bureau ou la clinique de sœur

Maria – je ne savais pas à quoi m'attendre –, capsules de bouteilles, emballages de nourriture de fast-food et seringues hypodermiques usagées crissaient sous les pas. Dans les immeubles en ruine, les vitres étaient fendues, certaines manquaient, remplacées par du balsa ou du contreplaqué. Mais le quartier n'était pas sans charme : un vieil homme assis sur une chaise pliante sur le pas de sa porte, son chapeau à la main, m'a souhaité le bonjour. Sur le mur d'une épicerie, j'ai remarqué une petite plaque des monuments historiques, la Landmarks Preservation Commission : dans les années trente, le bâtiment était occupé par un club de jazz célèbre. Les lentes plaintes d'un big band filtraient par une fenêtre ouverte. *Accompaneme*, chantait une voix de femme, viens avec moi. Un groupe d'enfants jouait à la marelle au milieu de la rue. Au bout du pâté de maisons, une bande d'adolescentes assises sur le seuil d'un immeuble faisait semblant d'ignorer les adolescents qui frimaient dans les parages.

Au 77, se trouvait une boutique avec en vitrine une effigie en plâtre grandeur nature de la Vierge. Elle portait une perruque noire et une robe blanche, et à ses pieds on avait placé un bol rempli d'eau dont le fond était tapissé de pièces de monnaie. La vitre était propre, la chaussée devant le magasin bien entretenue. Une clochette a sonné lorsque j'ai ouvert la porte. Je suis entrée dans une petite boutique proprette où les murs couverts d'étagères ressemblaient à ceux d'une épicerie. Des bocaux remplis d'herbes. Des bouteilles de liquide vert et marron identifiées par des numéros. Huile Viens à moi, savon Argent facile, spray Bénie soit ma maison, poudre Pieds chauds, vinaigre des Quatre Voleurs, eau de Floride, huile de saint Christophe. Des bougies en forme d'homme, de femme, de chat et de chien. Des pyramides en résine remplies de porte-bonheur et de bonnes vieilles boules de cristal à l'ancienne de toutes les tailles. Derrière une vitrine remplie de médailles et de gris-gris, j'ai remarqué un adolescent, un homosexuel flamboyant vêtu d'un jean moulant de créateur et à la lèvre inférieure percée par un anneau d'argent. Il m'a souri en me demandant s'il pouvait faire quelque chose pour moi.

« Je suis venue voir, euh, sœur Maria. »

Il s'est dirigé vers le fond de la boutique, a ouvert une porte et a dit quelque chose dans une langue que je n'avais jamais entendue auparavant – du portugais, peut-être –, mais, bizarrement, j'ai compris ce qu'il disait.

« Une femme blanche vous demande. C'est la première fois que je la vois.

– Fais-la entrer tout de suite, a répondu une femme. Ensuite, tu fermes et tu vas déjeuner. »

★

L'arrière-boutique ressemblait assez à l'idée que je me faisais d'un cabinet de voyance de bas étage : des murs tendus de velours rouge foncé, une table pliante drapée elle aussi de velours maintenu en place par une boule de cristal, une tasse pour lire l'avenir dans les feuilles de thé, un stylo, du papier et un jeu de tarots. Une femme de cinq ou dix ans plus âgée que moi à la peau couleur muscade et aux traits agréables camouflés par du maquillage bon marché y était assise. Elle portait un pantalon et une veste en jean ajustée. Elle m'a fait signe de m'asseoir sur une chaise pliante en face d'elle. Je me suis installée.

J'étais curieuse. J'allais bien me marrer.

« Comment vous appelez-vous ? » a-t-elle voulu savoir. Je lui ai donné mon prénom qu'elle a noté sur le papier avant de se livrer à un rapide calcul.

« Votre chiffre est le 7 », a-t-elle indiqué. Elle a posé sept lames de tarot sur la table. L'arcane sans nom, la Maison-Dieu, la reine de deniers, la Lune, le cinq d'épée, le huit d'épée, l'Amoureux. J'ignorais complètement leur signification. Maria a étudié les cartes pendant quelques minutes avant de me regarder, l'air soucieux, puis de se concentrer sur les cartes.

« Quelqu'un vous surveille, m'a-t-elle annoncé. Elle est juste à côté de vous. Très belle mais noire. Mauvaise. Avez-vous essayé de vous débarrasser d'elle ? »

Cette histoire ne me faisait pas tellement marrer. Elle devenait de moins en moins marrante au fil des minutes. « Qui est-ce ?

– Ce n'est pas une personne, mais une chose. Un démon. Je la vois ; elle a de longs cheveux noirs et des dents pointues.

– Vous êtes sûre que c'est un démon ?

– Personne d'autre n'a une aura aussi noire, a répondu Maria en hochant la tête. Alors, vous n'avez pas essayé de vous débarrasser d'elle ?

– Je ne savais pas.

– Vous ne saviez vraiment pas ce que c'était ? » a-t-elle insisté d'une voix méfiante. Elle me rendait nerveuse à m'observer ; ça me donnait l'impression de me retrouver à l'école un jour où je n'avais pas fait mes devoirs. J'avais l'impression d'avoir été prise en train de faire une bêtise.

« Non. Comment étais-je censée le savoir ? »

Maria m'a lancé un nouveau regard en coin, comme si elle avait du mal à avaler mon excuse. « Vous devez faire exactement ce que je vous dis, c'est très important. Je vais vous donner une solution lavante. La numéro 5. Trois soirs d'affilée, vous allez vous en asperger tout en priant. Implorez l'aide de Dieu. Puis vous arrêtez pendant trois jours et vous recommencez pendant trois jours. Finissez le flacon. Ça ne la fera pas disparaître, mais ça purifiera votre esprit et vous pourrez mieux la combattre. Mais le plus important, c'est de ne jamais, au grand jamais, succomber. Vous lui donnez le doigt, elle vous prendra le bras.

– Et si ça ne marche pas ?

– Ça marche à tous les coups.

– Et si ça ne marchait pas ?

– Vous serez possédée par elle. Le processus est sans doute déjà en cours. La possession n'est pas radicale, mais progressive. Voilà pourquoi il faut faire exactement ce que je vous dis.

– Je comprends. »

Maria s'est levée, prenant ainsi congé de moi. À la caisse, j'ai réglé la consultation au jeune homme qui avait fini sa pause et qui me dévisageait avec curiosité. Il m'a tendu un large bocal rempli d'un liquide transparent gris-vert dans lequel flottaient quelques feuilles, brindilles et petites baies qui ressemblaient à des grains de poivre. En lettres noires sur une étiquette blanche, on lisait : « NUMÉRO 5 : REPOUSSE DÉMONS. »

★

Sœur Maria m'avait fascinée, mais, de retour à la maison, j'aurais très bien pu trouver toute cette histoire simplement *marrante*. À part que je ne me marrais pas du tout, et je n'en ai parlé à personne non plus. J'ai décidé que, tant qu'à faire, il valait mieux me servir de la solution lavante. Après tout, ça ne pouvait pas faire de mal. Ce n'est pas comme si cela allait changer quoi que ce soit, évidemment, mais ça ne pouvait pas faire de mal. Avec de l'huile de table, j'ai décollé l'étiquette aux lettres soigneusement tapées à la machine ; dans le cas où Ed remarquerait le flacon, je pourrais lui dire qu'il s'agissait de bain moussant. Nue, debout dans la baignoire, j'ai demandé à Dieu de m'aider tout en versant le liquide sur ma tête. Il sentait la réglisse et m'a un peu piqué les yeux. Je fermais bien la bouche pour ne pas en avaler – j'avais oublié de me renseigner à ce sujet. J'ai écarté les bras et laissé le liquide ruisseler sur mon corps ; les gouttelettes me donnaient la chair de poule.

Il ne s'est rien passé. Je ne savais pas si j'étais censée me rincer ou me contenter de laisser le liquide sécher, mais, comme il sentait fort, j'ai pris une douche rapide, me suis séchée avant d'enfiler un pyjama et de consacrer le reste de la soirée à régler des factures et regarder la télévision.

Quelques jours plus tard, le berger allemand attendait encore une fois devant la gare et m'a regardée sans me voir. L'imbécile ne me reconnaissait même plus.

« Allez coucher ! lui ai-je ordonné. Va-t'en de là. »

Le chien m'a dévisagée et j'ai soutenu son regard. Je le détestais vraiment, cet animal stupide qui me regardait avec de grands yeux accusateurs couleur chocolat.

« Va-t'en », j'ai hurlé en désignant le quartier désert, dans la direction opposée à notre loft. Sans me quitter du regard, il a reculé, levé la queue comme s'il s'étirait, a sauté vers ma main tendue et m'a mordue.

J'ai crié, plus sous l'effet de la surprise que de la douleur. La morsure était superficielle, la peau à peine perforée et j'avais plutôt l'impression qu'un livre m'était tombé sur la main, sensation très différente de ce que j'avais pu imaginer. Il s'est alors couché la tête entre les pattes en gémissant. Le vieil adage se révélait exact, au bout du compte : il avait vraiment plus peur de moi que moi de lui.

J'ai crié : « Dégage ! » L'imbécile s'est levé et s'est enfui. Je suis rentrée chez moi, me suis lavé la main, l'ai bandée avec un torchon propre et j'ai appelé Ed en espérant qu'il pourrait me conduire aux urgences. Il s'était absenté et j'ai appelé un taxi. Le temps d'arriver à l'hôpital, la morsure me faisait au moins aussi mal que ce que j'avais pu imaginer. J'ai réessayé de joindre Ed. Toujours absent. J'ai patienté trois heures dans la salle d'attente en essayant de deviner ce qui n'allait pas chez les autres patients. Certains problèmes étaient évidents – quintes de toux, membres enflés – mais, pour la plupart d'entre eux, j'ai dû deviner. On a fini par me faire entrer dans un cabinet d'examen inondé de lumière où un médecin a lavé la plaie et m'a demandé si je connaissais le chien qui m'avait mordue.

« Pourquoi ?

– Parce que si ce n'est pas le cas, il faut vous faire deux injections tout de suite, suivies de quatre autres dans trois, sept, quatorze et vingt-huit jours. En cas de morsure par un chien errant, il y a risque de transmission de la rage.

– Et si je suis absolument sûre que ce chien n'en est pas atteint ?

– Si vous ne connaissez pas le chien, a-t-il répondu agacé, vous ne pouvez pas en être absolument sûre. La seule façon d'éviter les piqûres, c'est de prélever un échantillon de cerveau du chien. Et ça, c'est très douloureux. »

Le médecin m'a enfoncé une aiguille épaisse dans la main droite, près de la morsure, puis dans le haut du bras. Les piqûres étaient plus douloureuses que la morsure.

Il allait de soi que l'échantillon de cerveau ne pouvait être prélevé sur un chien vivant. *Bien fait pour lui*, je me suis dit, *ça lui apprendra, à ce pauvre con*. Et puis j'ai repensé à ce vieux chien idiot, c'était mon copain, autrefois, mon meilleur pote, lui qui n'avait jamais renoncé à me charmer, même après que je lui avais annoncé sans détour que j'étais mariée. Je ne pouvais pas lui faire ça. Aussi les troisième, septième, quatorzième et vingt-huitième jours après la morsure, je me suis rendue chez le médecin pour subir d'autres injections douloureuses et je n'ai plus jamais revu le chien.

★

Ed était dans tous ses états quand je suis rentrée ce soir-là, à 23 heures, furieux que je l'aie laissé s'inquiéter. Lorsque je lui ai expliqué où j'avais été et lui ai montré les vilaines blessures rouges sur ma main, il s'est radouci en faisant preuve de la compassion appropriée.

« Tout de même, a-t-il remarqué après m'avoir embrassé la main, tu aurais dû appeler. »

Nous étions assis sur le canapé, pelotonnés l'un contre l'autre. Il tenait gentiment ma main blessée. L'espace de quelques minutes, nous avions été à nouveau amoureux. À nouveau amis. Et maintenant, cette remarque. *Il veut des excuses*, je me suis dit. « J'ai essayé. Deux fois.

– Quand même, chérie, j'étais inquiet. »

Où était-il ? je me suis demandé. « J'ai essayé. Où étais-tu, au fait ?

– Comment ça, où est-ce que j'étais ? a répété Ed avec une grimace. Je travaillais, tu le sais bien.

– C'était juste pour savoir. Tu devrais t'acheter un portable, en cas d'urgence. Tu t'absentes si souvent du bureau ces derniers temps.

– Je passe beaucoup de temps en déplacement depuis toujours, Amanda, a expliqué Ed l'air exaspéré, tu le sais. »

Pourquoi ne pas acheter un portable, dans ce cas ? « Pourquoi ne pas acheter un portable dans ce cas ?

– Pourquoi ? Pour que tu puisses me tenir à l'œil ?

– Simplement pour que tu puisses me conduire aux urgences lorsque je me fais mordre par un chien enragé. »

Ed m'a lâché la main. « Tu as l'intention de faire ça souvent ? D'aller emmerder des animaux errants pour attraper la rage ? Parce que si c'est le cas, peut-être qu'on pourrait te faire vacciner, ou un truc du genre ? »

Nous étions désormais aussi énervés l'un que l'autre, côte à côte sur le canapé. « Oui, Ed, j'ai l'intention de faire ça souvent. »

Lorsque je me suis rendue chez le docteur Flynn pour la deuxième injection du vaccin antirabique, je lui ai parlé de mon évanouissement quelques semaines plus tôt chez le marchand de journaux. Le docteur Flynn était une blonde de mon âge. C'était le médecin d'Ed depuis des années. La première fois que je l'ai vue, le lendemain de ma visite aux urgences, j'ai été immensément jalouse. Ce n'était pas la personne que j'aurais choisie pour examiner le corps nu de mon mari. Mais mon médecin personnel, Jeff Winston, avait succombé à une attaque deux mois plus tôt et Ed parlait avec enthousiasme du docteur Flynn.

Elle m'a fait un bilan complet, une prise de sang pour des analyses et m'a interrogée pendant une demi-heure à propos de la journée où je m'étais évanouie. Qu'avais-je mangé et quand ? Avais-je des envies de nourriture qui sortaient de l'ordinaire ? Faisais-je des rêves bizarres ? Avais-je des pensées irrationnelles ? Avais-je été exposée à des produits toxiques ? Etc., etc.

Après toutes ces questions, analyses, piqûres et prises de sang, elle a conclu que ma tension artérielle était trop basse et m'a conseillé de consommer plus de sel. Le diagnostic du docteur Flynn me convenait parfaitement. Il existait une explication logique, ma vie pouvait reprendre son cours. Tout ce dont j'avais besoin, c'était de consommer plus de sel.

La potion de sœur Maria n'avait eu aucun effet, preuve qu'il n'y avait jamais eu de problème. C'était de toute façon juste pour me marrer. Par curiosité. Cependant, les apparitions nocturnes de la femme sur la plage de sable écarlate ont continué exactement comme avant. Ed et moi continuions à nous disputer, je continuais à remballer les chauffeurs de taxi et il m'arrivait de retourner boire un verre dans le petit bar où j'avais avalé toute cette tequila. La canicule s'est abattue sur la ville, tout le monde était à cran. Tous les soirs en rentrant, Ed se plaignait de la chaleur, ce qui me donnait des envies de meurtre. Je savais qu'il faisait chaud. Inutile d'en parler.

Il m'arrivait de penser à quel point j'avais changé ces derniers mois, ce qui, en prenant un peu de recul, ne manquait pas de m'horrifier. Cette situation aurait fait hurler l'ancienne Amanda, celle que j'avais voulu être et m'étais appliquée à être pendant des années.

Juste au moment où je m'apprêtais à entrevoir la vérité, quand les pièces du puzzle étaient sur le point de s'emboîter et que j'étais à deux doigts de m'apercevoir de l'ampleur des dégâts, le démon est intervenu : Non, j'étais l'Amanda que j'avais toujours été. En mieux. La même.

Et puis il y a eu la fête au Earmark. C'était un hôtel branché en plein cœur de la ville. Le cabinet Fields & Carmine avait redécoré le hall d'entrée, le restaurant et le bar, et tous les employés étaient invités à la soirée donnée à l'occasion de sa réouverture. Naturellement, Ed devait travailler tard ce soir-là ; j'ai donc pris un taxi avec les autres célibataires du bureau.

Je n'avais prévu de rester que le temps de boire quelques verres, faire ce qu'il fallait en tant qu'employée du cabinet d'architectes et de m'éclipser. Mais il y avait une ambiance folle, l'hôtel était bondé et, manifestement, il serait difficile de ne faire qu'entrer et sortir. Les collègues avec qui j'étais venue se sont dispersés. Je me suis retrouvée en train de parler aux frères Earmark, Tom et Bill, les deux patrons de l'hôtel. Je les connaissais à peine – nous avions bavardé au bureau et j'avais assisté à quelques réunions en leur présence. Mais très vite, pour éviter de devoir faire la queue, Tom m'a entraînée derrière le bar pour prendre un martini préparé par ses soins et m'a fait visiter les pièces récemment réaménagées. Il m'a pris le bras pour me faire traverser la foule et, au contact de sa main, j'ai eu un flash, une intuition : *tu lui plais, depuis toujours, tu lui as plu dès qu'il t'a vue pour la première fois passer la porte du bureau avec un coup de soleil sur l'arête du nez et les cheveux détachés.*

Et puis, tout est devenu flou. Je parlais à Tom. Ses yeux, qui avaient toujours été beaux, grands, clairs, gris-bleu devenaient de plus en plus beaux. Nous buvions des martinis mais je n'étais pas ivre. J'étais de moins en moins présente. Je partais à la dérive. Je parlais à Tom, je ne savais pas de quoi et ses yeux devenaient de plus en plus beaux, et ses pommettes aussi – irrésistibles, à vrai dire –, et je parlais, je ne me contentais pas de parler mais je flirtais, je flirtais honteusement, je posais ma main sur le bras de Tom, puis sur son épaule, je basculais la tête en arrière en riant. Pourtant je n'étais pas là. Je regardais la scène, je distinguais tous les détails mais plus en spectatrice qu'en actrice. Tout était tellement confus – je percevais des bribes de conversation, des sensations étranges comme une forte odeur de gin, le rythme de la musique assourdissante qui battait dans ma poitrine. Je regardais un film trop tard le soir, à moitié endormie, totalement incapable d'en saisir l'intrigue. Nous parlions et nous riions, et puis j'ai eu droit à une visite privée des cuisines désertes. Et puis, nous avons pris un ascenseur ensemble. Il me tenait par l'épaule. Je me suis dit que j'étais peut-être là, dans cet ascenseur avec Tom, mais que je pouvais aussi être ailleurs. Je pouvais être quelqu'un d'autre. Je tentais de maîtriser la situation, de déterminer avec précision qui j'étais et où je me trouvais, mais je n'y arrivais pas, la situation n'arrêtait pas de m'échapper, me laissait perplexe, dans l'incertitude.

Nous étions dans la suite du dernier étage. C'était un petit endroit incroyable avec une chambre d'un côté, très moderne et minimaliste, tout en tons neutres, et, bien sûr, cette atmosphère anonyme propre aux hôtels et tellement relaxante. C'était comme regarder une photo, voir la pièce sans vraiment s'y trouver. Puis nous nous sommes retrouvés sur le canapé avec une bouteille de vin, et puis nous nous sommes retrouvés au lit. Tom avait un corps magnifique. Tom a crié, prononcé mon nom, un voile rouge m'est passé devant les yeux et j'ai entendu un grondement dans mes oreilles, pareil au bruit de l'océan, je ne savais ni qui ni où j'étais.

Et puis c'était fini. J'étais de retour dans mon propre corps, présente à 100 %, sûre de moi et de là où je me trouvais. Je me suis assise au bord du lit, nue et secouée de frissons. Couché sur le lit, Tom ronflait gras comme un ivrogne. J'étais écœurée. J'avais l'estomac retourné. Comment, oui, comment une chose pareille avait-elle pu arriver ? Cet acte horrible et ignoble. L'acte le plus horrible et le plus ignoble que j'aie jamais commis. Je me suis rhabillée aussi vite que possible, me suis précipitée dans la rue où j'ai vomi dans le caniveau avant de sauter dans un taxi pour rentrer chez moi.

★

Le lendemain soir, je déambulais dans les allées inondées de lumière d'un supermarché de la ville sans parvenir à me sortir de la tête la nuit précédente. Au rayon viande, je me suis arrêtée pour regarder les steaks. J'allais préparer à Ed son dîner préféré ce soir, un steak accompagné d'une sauce aux champignons, et j'allais tout reprendre à zéro, je me réhabituerais à le considérer comme mon mari, l'homme que j'avais choisi d'aimer et de respecter pour le restant de mes jours. Toutes ces absurdités devaient cesser. Nos disputes étaient presque quotidiennes désormais. Dans un rare instant de lucidité, j'ai compris que notre couple se désagrégeait et que si je n'y mettais pas immédiatement le holà, il n'y aurait bientôt plus rien à sauver.

Je comparais les prix des côtes de bœuf lorsque le démon s'est insinué dans mes pensées. *Préparer le dîner ? Des heures passées en cuisine et il ne rentrera même pas à l'heure et se foutra bien du repas. Et puis, cela fait une éternité qu'Ed n'a rien préparé pour toi, pas depuis ce truc affreux à base de haricots verts il y a des mois de ça.*

J'ai reposé la viande, abandonné mon chariot et quitté le supermarché. Et j'ai passé le reste de la journée dans des magasins de chaussures. Le démon adorait faire les magasins. Deux ou trois fois par semaine, j'utilisais ma carte de crédit pour me faire le genre de petits plaisirs qui, une fois de retour à la maison, me laissaient perplexe. Pourquoi avoir acheté une veste en cuir alors que j'en avais déjà deux dans ma penderie ? Qu'est-ce qui m'avait fait croire qu'il me fallait une robe de soirée rouge ?

Je suis rentrée ce soir-là avec trois paires d'escarpins mais sans rien à manger. Lorsque Ed est arrivé à 20 heures, avec seulement une heure de retard, nous avons eu une dispute terrible : il voulait savoir pourquoi je n'avais pas fait à manger ce que, m'a-t-il rappelé, je m'étais engagée à faire.

★

Le lendemain, je suis allée dans une librairie, un grand magasin sur plusieurs étages qui sentait le renfermé et où les clients étaient rares si tôt dans la journée. J'ai feuilleté quelques titres : réglages psychiques, réalignement de chakras, purification d'aura.

« Puis-je vous aider ? »

C'était la voix d'une femme adulte, pas le glapissement habituel du libraire lambda.

« Non merci. » J'ai levé la tête en souriant. Mais il n'y avait personne. J'ai jeté un coup d'œil dans le rayon : personne.

Je suis retournée à mes livres. Je feuilletais d'autres ouvrages quand…

« Vous cherchez quelque chose ? »

Je me suis retournée aussi vite que possible. Personne. Par-dessus l'étagère voisine, j'ai vu le sommet d'un crâne, une épaisse chevelure noire qui a disparu précipitamment dans le rayon d'à côté.

J'ai entendu un grand bruit derrière moi. J'ai sursauté et me suis retournée en criant. Juste un livre qui venait de tomber d'une des étagères du haut.

Je me suis sentie idiote. Un simple livre. Deux jeunes employés, une fille et un garçon, ont accouru.

« Vous allez bien ? a glapi le garçon.

– Oui, j'ai juste – le livre est tombé. J'ai été surprise. Désolée. »

La fille s'est baissée pour le ramasser. *Encyclopédie des démons.*

« Vous permettez ?

– Je vous en prie », a-t-elle répondu en me tendant le volume. Je l'ai ajouté à la pile de livres que j'avais déjà pris et suis rentrée faire mes bagages : le lendemain matin, nous partions passer le week-end dans le cottage d'Alex et Sophia, et Ed voulait démarrer tôt pour éviter les embouteillages.

Même si nous n'en avions pas parlé ouvertement, il était clair qu'Ed et moi avions décidé de faire de notre mieux ce week-end-là pour remettre notre relation sur les rails. En ce samedi matin, l'objectif semblait facile à atteindre. C'était une journée magnifique, le soleil brillait encore avec l'éclat et la vigueur d'un soleil d'été, et nous avons écouté une émission spéciale « 100 % rock » à la radio en quittant la ville. Ed chantait d'une voix idiote ; je me suis déchaussée pour poser mes pieds récemment pédicurés sur le tableau de bord. Nous avons ouvert les fenêtres pour laisser entrer les rayons de soleil. Ed posait parfois sa main droite sur mes genoux.

La maison d'Alex et Sophia était aussi fade qu'eux, avec tout un tas de coussins bleu clair et de coquillages achetés dans le commerce éparpillés à droite, à gauche. Mais l'endroit était propre et confortable et, plus important encore, nous étions à deux pas de la plage. J'ai passé un maillot de bain une pièce noir et Ed a enfilé son short de bain kaki qui lui arrivait presque aux genoux. Après avoir vérifié que nous disposions des produits de première nécessité – savon, shampooing, serviettes, café –, nous sommes descendus à la plage où nous nous sommes installés sur un drap rose élimé que nous avions apporté avec nous. Ed a sorti un livre de poche, s'est endormi au bout de quelques pages et s'est mis à ronfler étendu sur le drap, près de moi. Je me suis allongée pour essayer de faire une sieste.

Mais impossible de m'endormir. Le soleil tapait trop fort, je me sentais à l'étroit sur mon bout de drap et Ed m'agaçait avec ses ronflements. Je mourais de chaleur et j'ai décidé d'aller nager.

Je me suis levée et j'ai marché jusqu'au rivage. La saison avait officiellement pris fin. Pas un maître nageur dans les parages, baignade interdite ; mais il n'y avait personne pour refouler la poignée d'entre nous qui nous laissions porter par le courant dans les eaux peu profondes.

J'ai nagé sur quelques mètres en m'éloignant un peu du rivage. J'avais toujours pied. J'ai fermé les yeux pour savourer la fraîcheur de l'eau et la chaleur du soleil. En les rouvrant, j'ai aperçu une fillette, âgée de 5 ou 6 ans, peut-être, à quelques mètres entre le rivage et moi. On n'aurait jamais dû la laisser dans l'eau toute seule, et encore moins aussi loin de la plage. En temps normal, je l'aurais reconduite jusqu'à la plage. Ce jour-là, cependant, je me suis contentée de l'observer. Elle pataugeait gaiement dans les vaguelettes, plongeait la tête sous l'eau, sans lutter contre le léger courant qui ballottait son petit corps de-ci de-là. La peau couleur muscade de ses épaules était rougie par le soleil. Elle a souri quand elle a vu que je la regardais. Je lui ai rendu son sourire.

Je lui ai dit : « Tu ne devrais pas nager là où tu n'as pas pied. » Elle a haussé les épaules et une nouvelle fois plongé la tête sous l'eau. Une vaguelette l'a malmenée. J'ai vu le sommet de son crâne émerger, puis un pied minuscule. Lorsqu'elle s'est enfin remise d'aplomb et a sorti la tête de l'eau, elle toussait, pleurait peut-être un petit peu. Plus de peur que de mal.

« Je vais t'aider », ai-je proposé en nageant jusqu'à elle. Le temps de la rejoindre, une autre vaguelette l'avait bousculée. J'ai plongé vers elle, tendu les bras et lui ai agrippé les cheveux, comme pour lui tirer la tête hors de l'eau.

Mais ce n'est pas ce que j'ai fait. Je lui ai agrippé les cheveux de la main droite et lui ai enfoncé la tête sous l'eau. J'avais la sensation écœurante de sentir la vie déserter le petit corps alors que je la maintenais sous la surface, de sentir sa température baisser peu à peu. Sa vie, dont la majeure partie avait été passée dans un appartement exigu aux pièces en enfilade, a défilé devant mes yeux. Juste avant qu'elle ne se noie, je l'ai hissée hors de l'eau et lui ai laissé reprendre son souffle avant de la plonger de nouveau sous la surface. C'était amusant. Dessus, dessous, dessus, dessous. Lorsqu'elle a refait surface, elle s'est mise à hurler. Une grosse femme d'un certain âge qui nageait près du rivage a dressé la tête pour regarder alentour. J'ai plongé la fillette une dernière fois sous l'eau avant de plonger moi aussi, comme si nous avions toutes deux été emportées par le courant, et suis remontée à la surface, mon bras autour du cou de la gamine.

« Je crois qu'elle se noie », ai-je crié à l'attention de la dame qui marchait à grands pas dans notre direction. « Aidez-moi. » La dame a attrapé vigoureusement l'enfant épuisée et couru vers la plage. Je l'ai suivie.

Une fois étendue sur le sable chaud, la fillette s'est mise à pleurer. Le vacarme a réveillé Ed qui a accouru vers le petit groupe de curieux réunis autour de la fillette. Elle s'est assise, a regardé autour d'elle et a vomi toute l'eau salée qu'elle avait avalée, un bon signe d'après la foule. La mère de la fillette est arrivée en courant, en larmes et en poussant des hurlements, comme si elle n'avait pas fait pire à sa fille à la maison. J'avais tout vu.

« Vous avez sauvé la vie de mon bébé ! » La dame d'un certain âge m'a lancé un drôle de regard sans rien dire. Je l'imaginais en train de se convaincre que, bien évidemment, j'avais essayé de sortir la fillette de l'eau, pas de lui faire boire la tasse. C'était bien ce qu'elle avait vu. J'avais essayé de la tirer hors de l'eau. La fillette était toujours légèrement choquée. Si un jour il lui prenait l'envie de dire que j'avais essayé de la noyer, et pas de la sauver, j'étais sûre que personne ne la croirait.

La dame a rejoint son gros mari qui l'attendait sur la plage. La mère éplorée a emmené sa fille en larmes jusqu'à leur serviette. Edward m'a pris la main et m'a conduit jusqu'à notre drap rose sur lequel nous nous sommes installés avant que je n'éclate moi aussi en sanglots.

« Chuuut, a dit Ed en m'enlaçant, tout le monde va bien. Pauvre chérie, tu as dû avoir une peur terrible. »

J'ai levé les yeux vers le ciel. Des oiseaux tournoyaient au-dessus de nous, formant un V avant de se séparer. Un par un, ils se sont dispersés avant de se regrouper à nouveau afin de former un nom, lettre après lettre, aussi lisibles que si elles avaient été tracées à l'encre sur du papier.

NAAMA.

★

De retour de la plage, Ed est allé jusqu'au port en voiture pour acheter le dîner, des palourdes fraîches et des épis de maïs qu'il a fait cuire lui-même. Il m'a demandé ce que je pensais du repas et si je m'amusais, et je me suis contentée de grommeler : « Mmm », ce qu'il a pris pour une réponse positive.

Après le dîner, nous nous sommes allongés sur le canapé. Nous avions prévu de retourner à la plage pour admirer le coucher de soleil, mais j'avais besoin de me reposer. Au bout de quelques minutes, Ed s'est à nouveau endormi. Je suis allée chercher *L'Encyclopédie des démons* que j'avais cachée au fond de mon sac posé dans la chambre. Un nœud à l'estomac, je l'ai feuilletée jusqu'à ce que je tombe sur la lettre N. Son nom figurait dans la liste, et quelques pages de l'encyclopédie lui étaient exclusivement consacrées.

NAAMA

« La plus célèbre des histoires mettant en scène Naama est tirée de la Kabbale, recueil de textes mystiques de la tradition juive auxquels n'avaient jadis accès dans leur intégralité que les érudits juifs de sexe masculin âgés de plus de 40 ans. On pense que son nom signifie "charmante" ou "plaisante" en araméen, en référence au désir qu'elle inspire aux hommes. Étant donné le caractère occulte de la sagesse kabbalistique, il est possible que ce nom ait des implications que nous ne connaissons pas ; les interrogations portent en particulier sur l'origine de ce nom et sa signification numérologique. Comme la plupart des démons de son espèce, l'eau la rend plus forte (surtout l'eau salée) ainsi que le désir sexuel et autres pensées impures.

« L'histoire de Naama prend source au commencement du monde puisqu'elle est la seconde épouse d'Adam ; la première s'appelait Lilith. Alors qu'Adam avait été modelé dans l'argile pure, Lilith était faite de vase et de sédiments et ne pouvait donc être la compagne d'Adam. Celui-ci voulait une épouse soumise, mais Lilith refusa d'obéir, alla vivre sur les rivages de la mer Rouge et devint la mère de tous les démons. Aussi, Dieu façonna-t-il une seconde épouse pour Adam, Naama, sous les yeux de l'intéressé cette fois et à partir de rien afin de satisfaire à la moindre exigence du premier homme. Il commença par modeler les os, puis créa les organes, les muscles, le sang, etc. Mais le temps que Dieu ait terminé, Adam éprouvait un tel dégoût pour sa compagne qu'il ne voulut plus rien avoir affaire avec elle. Ainsi, Naama fut à son tour bannie sur les rives de la mer Rouge. Dans une autre histoire, les origines de Naama sont vagues mais ses intentions plus claires. Après le meurtre d'Abel par Caïn, Adam est tellement horrifié par ses enfants qu'il refuse de coucher avec Ève pendant plus de cent ans. Au cours de cette période, Naama vient à lui pendant son sommeil et, en s'insinuant dans ses rêves, est fécondée par sa semence. C'est à cause de cette légende que la religion juive préconise le mariage pour les hommes, en particulier les rabbins et les érudits – si un homme n'honore pas sa femme régulièrement, il peut être la proie d'un démon qui lui volera sa semence en lui laissant croire à une banale émission nocturne. Nous retrouvons Naama dans la Genèse. Cette fois, c'est la fille de Lémec et Tsilla. Cette Naama-là n'a rien d'un être démoniaque, elle est bien humaine. Mais bizarrement, elle épouse son frère Tubal-Caïn et donne naissance au démon Asmodée que nous connaissons aujourd'hui. D'où sa réputation de mère fière et farouche dont le but – outre la séduction – est d'éliminer tous les enfants excepté les siens. Dans le livre des Rois (III,

16), elle apparaît une nouvelle fois (en compagnie de Lilith) sous les traits d'une catin envoyée pour éprouver la sagesse de Salomon. Se faisant passer pour deux femmes se disputant un nouveau-né, les démons tentent de prendre Salomon en défaut. Mais le roi propose de couper l'enfant en deux, sachant que la véritable mère renoncera à sa demande pour éviter d'en arriver là. Vaincus, les deux démons repartent d'où ils sont venus. Comme toutes les histoires concernant Salomon, ce mythe figure en bonne place parmi les légendes maçonniques.

« L'histoire judéo-chrétienne est jalonnée d'une foule d'autres exemples de l'influence néfaste de Naama. »

Le lendemain matin, j'ai annoncé à Ed que je ne me sentais pas bien – une insolation – et qu'il valait mieux que je reste à la maison pendant qu'il irait à la plage. Après son départ, j'ai poursuivi ma lecture :

« Si seulement chacun savait reconnaître les signes avant-coureurs de la possession, beaucoup de peine pourrait être épargnée. Le plus courant de ces signes est un bruit inhabituel dans la maison, qu'il s'agisse d'un grattement, d'un coup sec, de bruits de pas… Une fois que le démon a envahi le corps de sa victime, il se livre d'abord à quelques mauvais tours – larcin, disputes et autres. En général, il s'emploie à instaurer lentement son emprise avant de révéler sa véritable nature, s'assurant ainsi de ne pas être reconnu et exorcisé tant qu'il est encore faible.

Malheureusement, dans bien trop de cas, le temps que le démon soit découvert, son pouvoir est tel que la victime ne peut plus se soumettre volontairement à un exorcisme. Dans ces cas-là, l'espoir d'un rétablissement est mince. »

Cet après-midi-là, Ed est rentré de la plage d'humeur radieuse. Il voulait que nous allions dîner dans un restaurant de fruits de mer du port qu'il avait repéré la veille.

« Je ne me sens toujours pas bien. Je veux rester couchée.

– Voyons, chérie, a-t-il répondu avec une moue, on est censés être en vacances.

– Je n'ai pas envie. Je me sens très mal. Ed, je crois que je… » *Ed, je crois que je deviens folle*, étais-je sur le point d'avouer. *Je crois que je suis possédée*. Mais il m'a coupé la parole.

« Bon Dieu ! Il n'y a plus moyen de s'amuser, c'est ça ? On ne peut même pas passer un petit week-end sympa à la plage ? »

Il s'est renfrogné. La voix du démon hurlait dans ma tête et, avant de pouvoir m'en rendre compte, je me suis mise à hurler à mon tour.

« Tu veux t'amuser ? REGARDE-moi !

– Je voulais juste…

– TU voulais ! Tu ne penses qu'à toi ! Tu ne vois pas que je suis malade ? Qu'il y a quelque chose QUI NE VA PAS PAS, QUE JE VAIS MAL ? TU N'ES QU'UN PUTAIN D'ÉGOÏSTE ! »

J'étais maintenant debout sur le lit et j'ai surpris mon reflet dans le miroir accroché au-dessus de la commode à l'autre bout de la pièce. Je battais l'air de mes bras, comme un animal, j'avais les yeux écarquillés, mes lèvres étaient rose foncé et mes cheveux tout emmêlés ressemblaient à des dreadlocks.

Je lui ressemblais.

Debout sur le seuil, Ed était écœuré. Il a tourné les talons pour sortir de la maison.

Je me suis effondrée sur le lit en éclatant en sanglots. *Tu vois,* a dit la voix onctueuse, *voilà à quel point il t'aime. Voilà à quoi il ressemble, ce grand amour dont tu étais si fière. Dire que tu croyais qu'il durerait éternellement.*

Ed, quant à lui, ne se posait pas la moindre question. Il est rentré tard ce soir-là, alors que je faisais semblant de dormir depuis des heures, et s'est couché sur le canapé sans même venir vérifier si j'étais toujours vivante.

Lorsque je me suis réveillée le lendemain matin, il était déjà debout et buvait une tasse de café à la table de la cuisine, l'air penaud. Je l'ai rejoint, l'air penaud.

« Salut.

– Salut.

– Je t'aime, a-t-il dit le premier.

– Moi aussi. » Je me suis mise à pleurer.

« Oh, ma chérie ! » Il a approché sa chaise de la mienne et m'a prise par l'épaule. « Chérie, est-ce que tu as déjà pensé… je veux dire, tu as l'air tellement malheureuse en ce moment… Je me fais peut-être des idées, on dirait juste que… À mon avis, eh bien, tu pourrais peut-être trouver quelqu'un à qui parler. Tu sais, un thérapeute, par exemple. »

Je l'ai regardé et, en voyant son air inquiet, l'amour a enflé dans ma poitrine et m'a envahie. L'espace d'un instant, l'amour a éclipsé les pensées sournoises du démon. Un thérapeute ! J'adorais cette idée. Je n'étais pas possédée, j'étais folle ! J'allais consulter un psy, peut-être même être internée un moment, mais c'était préférable à l'alternative. Un trouble mental, c'était gérable. Je pourrais m'en accommoder, l'accepter et, au bout du compte, en guérir.

J'ai souri et j'ai dit : « Tu as raison. Je crois que je deviens folle.

– Non, ma chérie, ce n'est pas ce que je voulais dire, je voulais dire…

– Non, ce n'est pas grave. Tu as raison, appelle ça comme tu voudras. Je vais contacter le docteur Flynn dès demain et obtenir le nom d'un psy. »

Ed a souri. J'ai souri. Quel beau couple nous formions, mari et femme, l'une folle, croyions-nous, l'autre sain d'esprit, heureux comme des poissons dans l'eau.

Le lendemain matin, à la première heure, j'ai contacté le docteur Flynn et, sans entrer dans les détails, lui ai expliqué que j'avais besoin d'un rendez-vous urgent chez un psychiatre. Elle m'a donné le numéro du docteur Gerald Fenton, un de ses amis personnels qui, m'a-t-elle assuré, était à sa connaissance le meilleur psychothérapeute qui soit.

« Dites-lui que vous appelez de ma part, m'a-t-elle conseillé avant de raccrocher, il est très sélectif, il est difficile d'avoir un rendez-vous avant des mois. Dites-lui que vous appelez de ma part. »

La réceptionniste du docteur Fenton m'a annoncé qu'il n'y aurait pas de place pour un nouveau patient avant un mois minimum et j'étais sur le point d'abandonner quand je me suis souvenue des mots magiques.

« J'appelle de la part du docteur Flynn.

– Dans ce cas, c'est différent. Voyons... Venez aujourd'hui.

– À quelle heure ?

– N'importe quand. Vous pouvez venir tout de suite, si vous voulez. »

C'était exactement ce que je voulais, et je suis partie sans attendre.

Le bureau du docteur Fenton était situé dans un immeuble d'avant-guerre dans un quartier calme de la ville, près du parc. Les rues étaient bordées d'arbres et grouillaient de femmes promenant leurs bébés. J'ai souri aux bébés. Aucun ne m'a rendu mon sourire. Aucun être vivant ne me voyait plus d'un bon œil ces temps-ci : les bébés se renfrognaient, les chiens me montraient les dents, les chats crachaient, je faisais même fuir les écureuils. Et les êtres humains adultes – même pas la peine d'en parler. Malgré tout, j'étais en route pour le cabinet d'un psychiatre, en train d'essayer de me convaincre que je souffrais d'un banal problème psychologique.

Le concierge de l'immeuble du docteur Fenton m'a ouvert et une jeune réceptionniste vêtue à la dernière mode m'a introduite dans son cabinet. On m'a annoncé que le docteur Fenton arriverait dans quelques minutes. La pièce ressemblait exactement à l'idée que je me faisais d'un cabinet de psychiatre : un fauteuil en cuir et bois de Charles et Ray Eames pour le médecin ; un canapé en cuir acheté dans un grand magasin sur lequel le patient pouvait au choix s'asseoir ou s'allonger. Des ouvrages sur la psychiatrie occupaient les rayonnages de la bibliothèque en chêne parsemés de quelques reproductions d'art précolombien et masques africains montés sur socles. Une jolie lithographie botanique – de la lavande – ornait le mur. La fenêtre donnait sur l'immeuble d'en face.

Lorsque le docteur Fenton est arrivé une ou deux minutes plus tard, il m'a adressé un sourire et une chaleureuse poignée de main. Comme pour son cabinet, il correspondait parfaitement à l'idée que je m'étais faite de lui. Barbu, la quarantaine, il portait des lunettes à double foyer et était vêtu sans recherche – cardigan beige, chemise blanche et pantalon noir.

« Docteur Fenton.

– Amanda. »

Il a souri. J'ai souri. Nous étions radieux.

« Alors, Amanda, dites-moi pourquoi vous êtes ici aujourd'hui. »

En passant sur certains détails, je lui ai parlé de mon comportement étrange de ces deux derniers mois. Je lui ai parlé des disputes avec Ed, de la voix que j'entendais dans ma tête depuis peu, des affaires que je laissais traîner et de mon nouveau comportement au travail. Je n'ai mentionné ni la morsure du chien ni la brûlure de cigarette infligée à Ed. Je n'ai surtout pas parlé de l'incident avec la fillette à la plage dont je m'étais déjà persuadée qu'il n'avait pas pu se produire. Maintenant que je ne jurais plus que par la psychologie, j'estimais que ces événements n'étaient que pures coïncidences, que rien ne les liait, qu'ils étaient sans rapport avec le sujet dont nous nous entretenions. Le docteur Fenton griffonnait sur un bloc-notes jaune pendant que je parlais.

« Bien, a-t-il lancé quand j'ai eu terminé. Quel est le problème ?

– Hein ?

– Qu'est-ce qui vous trouble dans tous ces changements ?

– Ça ne me ressemble pas. Enfin, je veux dire,

bien sûr ça me ressemble, ce n'est pas comme s'il était question de quelqu'un d'autre. Ce que je veux dire, c'est que ça ne ressemble pas à ma personnalité habituelle. Voilà pourquoi je suis ici.

– Eh bien, il me semble que vous êtes en train de vous épanouir. Vous n'êtes plus une jeune fille désormais, vous êtes adulte et devez vous affirmer.

– Mais je me dispute avec mon mari, ai-je insisté. Nous nous disputons constamment. »

Il m'a lancé un regard légèrement condescendant. « Les disputes font partie de la vie de couple. Se disputer, c'est évoluer.

– Mais je suis malheureuse. » La voix sournoise dans ma tête était du même avis que le thérapeute. *Ne discute pas*, disait-elle.

« Ça, c'est problématique, a reconnu le docteur Fenton. Mais peut-être cela vient-il du fait que vous résistez au changement. Le problème, c'est que vous n'êtes pas ouverte au changement.

– Et si je n'ai pas envie de ce genre de changement ? Et si je n'aime pas ce que je suis en train de devenir ? »

Nous mûrissons, a dit la voix. *Nous nous bonifions avec le temps.*

« Vous ne pouvez lutter contre le temps, a remarqué le docteur Fenton. Amanda, vous avez 34 ans. Vous êtes en train de vous épanouir.

– Mais j'ai brûlé mon mari, ai-je balbutié.

– C'était un accident. Vous avez fait un faux mouvement. Peut-être qu'Edward n'est pas celui que vous croyez, il faut peut-être réévaluer votre relation. »

Je ne lui avais pas parlé de l'incident de la cigarette. Je ne lui avais pas dit mon âge non plus.

« Comment êtes-vous au courant ? » J'étais de plus en plus nerveuse.

« Amanda, détendez-vous. Le docteur Flynn m'a fait parvenir votre dossier médical, tous les détails sont là, a-t-il dit en brandissant une chemise cartonnée bourrée à craquer. Vous voyez ?

– Je n'ai pas parlé au docteur Flynn de la brûlure de cigarette.

– Bien sûr que si, c'est dans le dossier.

– Faites voir. » J'ai tendu la main, il m'a esquivée.

« C'est confidentiel.

– Je ne lui en ai jamais parlé, montrez-moi ça. » Mon cœur battait la chamade.

Le docteur Fenton a reculé sa chaise. Je me suis levée pour tenter d'attraper mon dossier médical mais, avec sa main libre, il m'a saisi le poignet et l'a serré très fort. Je le dévisageais. Ni sourire ni regard amical et pétillant : il était on ne peut plus sérieux. J'ai reculé et il a desserré son emprise sans toutefois me lâcher complètement avant que je n'aie reculé de deux pas. J'ai ramassé mon manteau et mon sac posés sur le canapé près de moi, et me suis enfuie.

★

Un peu plus tard, cependant, tandis que je marchais dans les rues bordées d'arbres du quartier, je me suis dit que j'avais peut-être été ridicule. Après tout, c'était vrai, le docteur Flynn avait très bien pu lui dire tout ce dont, moi, je ne lui avais pas parlé. Il n'y avait aucune raison de croire qu'il se passait quelque chose de bizarre. Cela dit, ça ne changeait rien au fait que je ne l'aimais pas. C'était quoi ce laïus sur le fait de devenir moi-même ? Il ne croyait pas que j'étais folle, et si je n'étais pas folle, c'est que j'étais possédée. Demain, je demanderais au docteur Flynn qu'elle m'adresse à quelqu'un d'autre, ou je demanderais conseil à un ami.

J'ai traversé le parc, mortifiée. Le fait de m'être enfuie du cabinet comme une enfant ne renforçait pas vraiment ma confiance en moi. Qu'est-ce que je m'étais mis en tête, que le docteur Fenton était une espèce de prêtre vaudou ? Un sataniste, peut-être ? Franchement, quelle idiote ! J'ai pris un sentier qui menait à un petit bois. Comment avais-je pu en arriver là ? Comment avais-je pu…

J'ai perçu un froissement de feuilles dans les arbres à ma gauche. En jetant un coup d'œil alentour, je me suis aperçue que je m'étais enfoncée dans le petit bois. L'endroit était désert. Je n'aurais pas dû me trouver là, mais il était trop tard pour faire demi-tour à présent. Il n'y avait rien à faire, si ce n'est traverser le petit bois. J'ai pressé le pas. J'ai entendu un nouveau froissement de feuilles, sur ma droite cette fois. Et puis un rire. Un rire féminin provenant du bosquet d'arbres sur ma gauche, puis des buissons sur ma droite. J'ai encore pressé le pas, puis me suis mise à courir. Le froissement de feuilles et le rire féminin m'accompagnaient. J'ai couru au point d'être acculée, au point de perdre haleine et de devoir m'arrêter pour reprendre mon souffle. J'ai regardé autour de moi : j'avais l'impression de ne pas avoir avancé d'un pouce. Avais-je fait du surplace ? Les arbres oscillaient autour de moi et les éclats de rire tombaient en cascade des branches comme autant de fruits mûrs. Le vacarme était assourdissant. Mes vêtements me collaient à la peau.

J'ai crié : « Il y a quelqu'un ? Qui est là ? »

Mais je connaissais déjà la réponse. J'allais me battre. J'allais trouver moyen de la repousser, de la détruire s'il le fallait, et, première des choses en rentrant, j'en parlerais à Ed et…

Le bruit a cessé. Un silence absolu régnait dans la forêt, hormis ma respiration haletante. Les arbres autour de moi étaient parfaitement immobiles. Mes muscles me brûlaient. J'arrivais à peine à me tenir debout.

J'ai senti une main sur mon crâne qui m'ébouriffait les cheveux puis me caressait délicatement la joue droite. La main est passée dans mes cheveux avant de me masser le crâne.

Je me suis mise à pleurer. La main m'a appuyé sur la tête. Elle m'a forcée à m'agenouiller. Puis elle est descendue jusqu'à mes reins et m'a poussée à plat ventre, m'a plaquée contre le béton rugueux au point de m'arracher un gémissement et de m'empêcher de respirer.

« Amanda, a-t-elle murmuré, je ne crois vraiment pas qu'Edward ait besoin d'être au courant de tout ça. »

★

Ce soir-là, Ed pas encore rentré du bureau, j'ai consulté une nouvelle fois les pages « Pratique » de *Possession démoniaque d'hier à aujourd'hui*. Le deuxième conseiller spirituel le plus proche du loft était le docteur Ray Thomas, PDG de l'association Lueur d'espoir.

« Locaux situés près de l'autoroute 55, direction nord, sortie 12. Tournez à droite à la pizzeria Domino's et cherchez le restaurant Wendy's : l'association Lueur d'espoir est située entre le restaurant et le magasin Coconuts, dans le centre commercial Newton Heritage », indiquait le livre.

Le lendemain matin, j'ai pris l'autoroute 55, la sortie 12 et me suis mise en quête d'un restaurant Wendy's. L'association Lueur d'espoir, que signalait un grand panneau BIENVENUE posé sur une pelouse, occupait un immeuble en brique d'un étage. Je me suis garée dans le parking devant l'immeuble pour fumer une cigarette avant d'entrer. Il faisait une belle journée et un groupe de jeunes garçons faisait du skateboard sur le parking de l'association Lueur d'espoir. MEGADETH, pouvait-on lire sur leurs tee-shirts. METALLICA. ANTHRAX. Pendant quelques minutes, je les ai observés en fumant avant de sortir de la voiture.

Les portes de l'association étaient ouvertes. L'intérieur du bâtiment ressemblait vaguement à une église, même s'il aurait tout aussi bien pu s'agir de la salle de conférences d'une entreprise. Des rangées de bancs, ou ce qui ressemblait à des bancs, faisaient face à un autel, à moins qu'il ne se soit agi d'une estrade. J'ai remonté l'allée centrale. Personne.

Il n'y avait pas l'air de se passer grand-chose dans les parages.

« Bien le bonjour. »

Je me suis retournée brusquement. À l'autre bout de l'allée se tenait un homme aussi quelconque que le bâtiment lui-même. Ses traits étaient symétriques et banals, non sans charme mais pas particulièrement séduisants non plus.

« Vous m'avez fait peur », lui ai-je dit. Nous avons marché l'un vers l'autre et nous sommes rejoints au milieu de l'allée. « Je cherche Ray Thomas.

– C'est moi », a-t-il répondu en tendant la main. Il portait un costume gris très simple. Nous avons échangé une poignée de main. « Asseyons-nous. » Nous nous sommes installés sur un banc de part et d'autre de l'allée centrale.

« Alors… » a-t-il dit d'une voix de stentor – les bancs étaient un peu trop distants pour pouvoir faire la conversation. « Laissez-moi deviner : vous pensez être possédée par un démon. »

J'ai souri en hochant la tête. Le ton qu'il avait employé mettait toute cette affaire en perspective. Alors, vous pensez être possédée, disait-il. On a tous cette impression de temps à autre, non ?

« Je suppose que vous avez répondu à ce fameux questionnaire ? » J'ai acquiescé. « Vous avez répondu oui à quelques-unes des questions, vous avez pris peur et, depuis, vous avez l'impression de livrer une espèce de lutte spirituelle, c'est ça ? » Il a accompagné ces dernières paroles d'un petit geste du bras censé évoquer un tour de passe-passe, un numéro de cirque, un rituel vaudou. « Je dois vous avouer que publier ce questionnaire est la pire erreur que nous ayons commise. J'étais loin de me douter que tant de personnes en ce monde souffraient de problèmes psychologiques jusqu'à ce que nous soyons submergés d'appels. Je ne dis pas ça pour vous, bien évidemment, a-t-il ajouté. Avez-vous apporté le livre ? »

J'ai fouillé dans mon sac et en ai sorti le livre, marqué à la page du questionnaire.

« Voyons un peu ça », a proposé Ray Thomas. À deux doigts d'éclater de rire, nous souriions tous les deux. Il a pris connaissance des résultats.

Êtes-vous possédé par un démon ?

1. J'entends des bruits étranges chez moi, surtout la nuit, qui d'après mes proches ne se produisent qu'en ma présence. (Ça m'est arrivé, mais plus maintenant.)

2. J'ai de nouveaux passe-temps ou activités qui ne me ressemblent pas, et agis de manière incompréhensible. (Oui.)

3. Je manque de patience et me montre irritable avec mes proches et les êtres qui me sont chers. (Oui.)

4. Je comprends des langues étrangères que je n'ai jamais apprises et sais certaines choses qu'il me serait impossible d'apprendre par des moyens ordinaires. (Oui.)

5. Je souffre de pertes de mémoire que l'on ne peut attribuer ni à la drogue, ni à l'alcool, ni à une maladie chronique. (Oui.)

6. J'ai de drôles d'idées depuis peu, j'entends des voix. (Tout le temps.)

7. J'ai eu des visions, j'ai rêvé de personnages susceptibles d'être des démons. (Oui.)

8. Un voyant, un prêtre ou autre conseiller spirituel m'a dit que j'étais possédé. (Oui.)

9. J'éprouve l'envie de blesser ou de tuer des animaux ou des êtres humains. (Oui.)

10. J'ai blessé ou tué des animaux ou des êtres humains. (Absolument, j'ai déjà blessé et peut-être même tué quelqu'un.)

Ray Thomas ne souriait plus maintenant. Il fronçait même les sourcils.

« Comment vous appelez-vous, déjà ?

– Amanda.

– Amanda, la probabilité que vous soyez tourmentée par la présence d'un hôte indésirable se situe entre 90 % et 100 %. Nous pouvons avoir la certitude dans le cas qui nous préoccupe qu'une de ces entités cause une interférence. Que diriez-vous d'un désenvoûtement ?

– Un désenvoûtement ?

– Nous n'employons pas le mot qui commence par un *e* ici, a expliqué Ray Thomas. Ça met toutes sortes d'idées dans la tête des gens. Le désenvoûtement est un procédé simple impliquant visualisation, séparation et guérison. C'est la chose la plus naturelle au monde.

– Est-ce que ça marche ? »

Ray Thomas a de nouveau souri en hochant la tête. « Notre taux de réussite concernant les tentatives de désenvoûtement chez Lueur d'espoir dépasse les 90 %.

– Et les 10 % restants ?

– 7 %. Ne vous préoccupez pas de ça. »

★

Ray Thomas m'a emmenée dans un bureau où j'ai signé une décharge stipulant que l'expérience que je m'apprêtais à vivre n'avait valeur que de divertissement. Puis il m'a conduite dans une petite pièce éclairée au néon derrière l'autel, meublée d'un lit semblable à un lit d'hôpital, draps blancs et couverture bleue, poussé contre un mur en vis-à-vis d'un bureau en métal et d'une chaise. Thomas m'a ordonné de m'allonger sur le lit, s'est installé sur la chaise de bureau qu'il a fait rouler jusqu'à moi, a tiré sur une chaînette pour éteindre la lumière.

« Commençons par visualiser un espace propre et immaculé. Pouvez-vous visualiser un espace propre et immaculé, Amanda ?

– Bien sûr. » Regard fixé sur le plafond, j'ai visualisé une pièce immaculée et vide. Elle avait de hautes fenêtres tendues de blancs rideaux transparents qui laissaient filtrer la lumière du soleil et flottaient à la douce brise d'été.

« Nous visualisons les yeux fermés, a précisé Thomas.

– Oh ! » J'ai fermé les yeux et la pièce immaculée m'est apparue bien plus distinctement.

« Vous êtes dans votre espace propre et immaculé,

a commenté Ray Thomas, vous vous détendez dans votre espace. Vous respirez profondément. »

Vêtue d'un pyjama blanc, j'étais allongée sur un lit de plumes dans la pièce immaculée. Quelques rayons de soleil filtraient à travers les rideaux. Une odeur de miel et de fleurs flottait dans la pièce. J'étais plutôt détendue.

« Vous vous sentez complètement en sécurité et à votre aise. On ne peut pas vous faire de mal et vous ne craignez rien tant que vous occupez votre espace. »

Je me sentais modérément en sécurité et relativement tranquille.

« Maintenant, imaginez votre entité indésirable. N'oubliez pas que vous êtes en sécurité dans votre espace et l'entité y est votre hôte. Vous contrôlez la situation. Elle ne peut pas vous faire de mal dans votre espace. »

Je me suis assise sur le lit de plumes. Il y avait quelqu'un dans la pièce avec moi. Je me suis retournée : Naama était accroupie près de la tête de lit.

« N'oubliez pas que vous maîtrisez la situation. C'est votre espace et vous contrôlez le cours des événements. »

Naama a éclaté de rire et s'est sauvée dans un coin de la pièce désormais plongée dans l'obscurité. Je ne pouvais pas la voir, mais je savais qu'elle était là, tapie dans l'ombre. D'un regard, j'ai balayé la pièce dont les quatre coins étaient sombres à présent. Elle aurait pu se cacher dans n'importe lequel d'entre eux.

« À présent, imaginez un fin cordon d'argent qui vous relie à votre entité. »

J'ai senti un coup sec au niveau de mon ventre, comme si mon estomac se serrait sous l'effet de crampes. J'ai baissé les yeux et aperçu un épais cordon noir, graisseux et humide qui partait de mon pyjama en direction du coin le plus reculé de la pièce.

« Vous avez une paire de ciseaux à la main. Ils sont extrêmement affûtés, capables de couper tout ce que vous voulez », a expliqué Ray Thomas.

Je tenais un vieux couteau à steak à la lame émoussée.

« D'un coup de ciseaux, vous tranchez le cordon. Vous tenez les ciseaux. Vous tranchez le cordon qui vous relie à votre entité. »

J'ai essayé de sectionner le cordon d'un coup de couteau, mais c'est le contraire qui s'est produit : le cordon a coupé la lame du couteau. La lame est devenue de plus en plus fine avant de disparaître complètement et bientôt il n'est plus resté que le manche en plastique. Le cordon était enflé et brûlant à cause du frottement de la lame.

« Et maintenant, le cordon est coupé. Je veux que vous visualisiez le cordon coupé, Amanda. Je veux que vous vous visualisiez libre, débarrassée de votre entité. »

Naama a bondi hors de l'obscurité et s'est précipitée vers moi ; mon cœur a failli s'arrêter de frayeur. L'obscurité avait gagné toute la pièce ; seul le centre était éclairé d'une lueur grisâtre et morne. Sans surprise, je me suis aperçue que le cordon était attaché à son nombril. Le cordon traînait par terre entre nous.

« Restez dans votre espace propre et immaculé. Savourez votre liberté. Prenez conscience du vide à l'intérieur de votre corps jadis occupé par votre hôte. Nous devons guérir ce vide en vous. »

J'étais couverte de sang. Il me coulait de la gorge sur le menton. Il dégoulinait par terre et se répandait dans toute la pièce. L'odeur était insupportable.

« Et maintenant, vous voilà emplie de la lumière blanche de l'apaisement. Vous êtes forte, indépendante et vous avez le pouvoir de pardonner à votre envahisseur. Vous avez le pouvoir d'aimer et d'accorder le pardon à votre hôte avant de la pousser vers la lumière blanche. »

Naama m'a plaquée au sol de la pièce immaculée désormais couverte de sang et s'est mise à califourchon sur moi.

« Tu me pardonnes, dis ? » m'a-t-elle demandé.

« Et maintenant, nous nous réveillons, poursuivait Ray Thomas. Nous sortons de la pièce où nous nous sentions en sécurité pour nous retrouver dans les locaux de l'association Lueur d'espoir. »

J'ai ouvert les yeux d'un coup et j'ai vu Ray Thomas penché au-dessus de moi.

« Alors, Amanda, comment nous sommes-nous débrouillée ? Nous sentons-nous libérée maintenant ?

– Oh, oui ! ai-je répondu sans pouvoir m'en empêcher, avec la voix d'une autre. Je me sens tellement plus libre à présent. Je viens de vivre une expérience extrêmement enrichissante. »

★

Naama a réglé la note de 250 dollars avant de rentrer en ville. Dans les faubourgs, près de l'aéroport, elle s'est arrêtée au bar d'un hôtel et a récupéré la somme en faisant l'amour avec un homme d'affaires dans les toilettes.

★

Le lendemain, j'ai vu le docteur Flynn pour ma dernière piqûre antirabique. « C'était comment, le week-end à la plage ? » a-t-elle voulu savoir d'emblée.

Je ne lui avais pas dit que nous allions sur la côte. Impossible d'avoir la moindre certitude désormais. Impossible de faire confiance à quiconque.

« Vous m'avez recommandé de consommer plus de sel », lui ai-je rappelé. J'avais lu dans mon livre que le sel augmentait le pouvoir du démon.

« Oui, vous trouvez que cela va mieux ? m'a-t-elle demandé en souriant.

– Je ne sais pas. Quels effets était-ce censé avoir ? »

Elle a ignoré ma question et m'a fait mon vaccin sans cesser de sourire.

« Et ce rendez-vous avec le docteur Fenton ? Vous a-t-il aidé à définir ce qui n'allait pas ?

– Allez au diable ! » Je me suis levée et suis sortie du cabinet du docteur Flynn qui souriait d'un air narquois.

★

Alors que j'attendais qu'un train me ramène du cabinet du médecin, j'ai perçu un mouvement rapide, comme un lapin qui détale, juste à ma droite. J'ai cru que je me faisais des idées. Mais l'ombre blanche m'a frôlée encore une fois. Le mouvement s'est répété plusieurs fois, l'ombre allant et venant en zigzagant. J'étais persuadée que je me faisais des idées. Personne d'autre ne semblait l'avoir remarquée. Mais soudain, une petite main blanche a surgi derrière moi et fait tomber le livre que j'étais en train de lire – *La Possession démoniaque et vous* – sur les rails. J'ai senti sa joue contre la mienne et vu ses cheveux noirs me tomber sur les épaules.

« Amanda, pourquoi rends-tu les choses tellement difficiles ? »

★

J'ai annoncé à Ed que je n'aimais pas le docteur Fenton mais que j'allais vite trouver un autre thérapeute. Nous étions assis à table pour le petit déjeuner. Ed lisait le journal. « Très bien », a-t-il commenté en hochant la tête avant de vite reprendre sa lecture. *Voilà à quel point tu l'intéresses*, a remarqué Naama, *il lève à peine le nez de son journal, ne te prend pas dans ses bras, ne t'embrasse pas, ne te pose pas la moindre question.*

★

Les événements se sont précipités. La plaisanterie se retournait contre moi. Les cartes de crédit à mon nom arrivaient par la poste, parfois jusqu'à deux ou trois par jour. Pas la pacotille que l'on reçoit d'habitude sans l'avoir demandée, comme un virus, mais des cartes haut de gamme, *gold* et *platinum* avec super plafond de paiement ; j'avais déjà fait la demande pour en obtenir certaines par le passé mais me les étais vu refuser. À mon arrivée en ville, encore adolescente, je n'avais jamais eu de compte en banque et c'est au bout de quelques années, au prix de nombreuses erreurs, que j'avais appris à gérer mon argent, ce que je faisais très bien désormais. Mais ces erreurs entachaient encore mon dossier bancaire et, par conséquent, tout ce à quoi je pouvais prétendre, c'était une carte de retrait à débit immédiat avec limite de paiement fixée à 1 000 dollars par mois. Je n'avais aucun souvenir d'avoir rempli les dossiers d'obtention de ces cartes – et comprenais encore moins comment on avait pu me les attribuer – mais elles n'arrêtaient pas de me parvenir.

C'était le genre d'erreur informatique que je n'avais pas trop de mal à accepter et, de toute façon, j'étais contente de les avoir. C'est ce qu'elle faisait avec qui me dérangeait : elle s'en servait. Elle avait envie de faire les magasins. Des articles neufs apparaissaient dans ma penderie tous les jours, des choses que je n'aurais jamais choisies mais dont je n'étais pas entièrement mécontente non plus. Des parfums (elle aimait les floraux forts et capiteux), un nouveau tapis népalais pour la chambre, des escarpins et un sac à main en croco. J'ai dépassé la limite de paiement de mes nouvelles cartes bancaires. Elle en a commandé d'autres.

★

Ce qui lui plaisait par-dessus tout, même plus que faire des achats et fumer des cigarettes, c'étaient les hommes. Les hommes qui lui plaisaient n'étaient pas ceux que j'aurais choisis. J'avais toujours été attirée par les hommes avec de la bonté et de la compassion dans le regard. Des hommes avec de longs cils qui détournaient les yeux et faisaient semblant d'avoir l'air occupés quand vous surpreniez leurs œillades. Des hommes qui ne tripotaient pas leur alliance. Naama, bien évidemment, aimait les hommes qui mettaient leur alliance au clou. Ceux qui cherchaient votre regard et le soutenaient, avant de vous faire un clin d'œil. Bien sûr, je ne les découvrais qu'après, une fois que Naama était partie et que je reprenais conscience, nue et tremblante, au lit avec un inconnu.

Elle n'hésitait pas à se débarrasser de ceux qui ne lui plaisaient pas. Un soir, j'attendais un train pour rentrer de chez les Fitzgerald. Il était un peu trop tard pour me trouver là et attendre mon train seule. Nous n'étions que deux sur le quai, un homme et moi. Sa tête ne me revenait pas. Il avait une expression bizarre sur le visage, portait une moustache et la mauvaise tenue – un pantalon taché et une veste achetée en solde dix ans plus tôt. Il avançait vers moi. J'avais envie de faire demi-tour et de partir, de retourner au guichet et d'appeler un taxi, mais je ne l'ai pas fait. Je suis allée à la rencontre de l'homme.

« Vous venez de rater votre train ? » me suis-je entendue demander. Il a haussé les épaules. Je n'en revenais pas d'engager la conversation avec ce type. Il était immonde de près, le teint brouillé, la peau grêlée, les cheveux hirsutes et trop longs.

« Je déteste ça, surtout la nuit, j'ai ajouté. Surtout la nuit quand vous attendez un train et qu'il y a quelqu'un sur le quai. Et on ne sait jamais. Après tout, en ville, on ne sait jamais à qui on a affaire. Cette personne pourrait avoir un couteau, une arme, n'importe quoi. Elle pourrait, je ne sais pas, moi, être le genre de personne qui déteste les hommes qui traînent dans les gares en attendant les femmes. Le genre qui dépèce ces types à mains nues. »

L'homme a quitté la gare sans un mot et je suis rentrée chez moi sans encombre.

En octobre, Ed a insisté pour que nous invitions Alex et Sophia à dîner, en remerciement du merveilleux week-end sur la côte. Pour mieux vous situer le personnage de Sophia, en six ans, je n'avais jamais, pas une seule fois, vu la plante de ses pieds. Nous avions passé une semaine à la mer en leur compagnie une année, et la première des choses qu'elle faisait le matin, c'était d'enfiler des chaussures d'intérieur en satin à talons compensés. Sur la promenade, elle portait des sabots à talons hauts ; même dans l'eau, elle portait des tongs bon marché en plastique. En semaine, elle portait toujours un tailleur noir avec des chaussures noires à hauts talons – des sandales à lanières l'été, des escarpins au printemps et à l'automne, des bottes ajustées et sexy l'hiver. Autre chose qu'il faut savoir à propos de Sophia : elle se teint les cheveux (je l'avais deviné car ils avaient invariablement la même teinte blond clair), mais je n'avais jamais vu sa couleur naturelle, pas même aux racines, pas même au niveau de la raie qu'elle se faisait, pas même sur la nuque. Je n'avais jamais vu Sophia prendre ou perdre un gramme non plus, ni la moindre ride, le moindre bouton, le moindre pore dilaté sur son visage, ne l'avais jamais entendue éternuer, hoqueter, roter ni lâcher un vent – même s'il est vrai qu'elle se raclait occasionnellement la gorge. Je ne pouvais pas la supporter.

Pour mieux vous situer le personnage d'Alex, laissez-moi simplement vous dire que, au bout de six ans, je ne savais toujours rien de lui qui n'ait pas de rapport avec sa carrière ou les fruits de ladite carrière – maison sur la côte, voitures, écoles privées de Claire. Je ne savais pas dans quel lycée il avait fait sa scolarité, je ne connaissais pas sa couleur préférée, quel type de livres, de films ou de musique il aimait ou détestait. J'étais on ne peut plus consciente, en revanche, que, avant d'avoir fêté son quarantième anniversaire, il était passé vice-président et que, en prévision de sa retraite, il avait investi 30 % de ses économies dans des actions tandis que le reste avait servi à l'acquisition de titres pour voir à plus long terme, ou avait été investi dans l'immobilier.

Ed et moi étions tacitement convenus de faire comme si tout allait bien devant nos amis et de ne rien leur dire de nos déboires conjugaux. Sauf que, bizarrement, Ed avait compris que je préparerais à dîner et a été choqué d'apprendre en rentrant à 18 heures que rien n'était prêt.

« Je ne comprends pas, s'est-il emporté, tu n'as RIEN préparé ? Nos invités arrivent dans une heure et tu n'as même pas un paquet de riz dans les placards ? Qu'est-ce que je suis censé servir, bon sang de bonsoir ? Des céréales et de la glace ?

– Non, Ed, ai-je corrigé. Tu veux dire que, toi, tu n'as rien préparé, que tu n'as même pas un paquet de riz et que tes invités arrivent dans une heure. Et pas question qu'ils touchent à ma glace. »

C'était la première fois que je n'arrivais pas à déterminer qui de moi ou de Naama s'exprimait.

Nous aurions largement pu préparer quelque chose en une heure, mais nous avons passé le temps à nous disputer et, lorsque Alex et Sophia sont arrivés – en se plaignant, comme à chacune de leur visite, du mal qu'ils avaient eu à trouver notre immeuble –, nous n'avions rien à leur offrir. Ed a avoué qu'il y avait eu un léger malentendu à propos du dîner (il a conclu son explication avec un petit rire obséquieux tout à fait écœurant) et qu'il allait devoir courir chercher quelque chose à manger. Quant à moi, je ne faisais même pas semblant de trouver la situation amusante et restais assise à la table de la cuisine, l'air renfrogné, pendant qu'Ed déblatérait. Alex, en éternel brave type, a proposé à Ed de l'accompagner.

Sophia et moi sommes restées seules avec une bouteille de vin blanc. Nous avons toutes les deux allumé une cigarette, premier rempart contre le silence et l'ennui.

« Alors, quoi de neuf ? ai-je voulu savoir.

– Pas grand-chose. La boîte déménage.

– Où ça ?

– À l'autre bout de la ville, simplement. C'est pénible, c'est tout. Dossiers perdus, et tout et tout.

– Déménager, c'est la barbe.

– Ouais. »

Nous fumions en buvant notre vin. Je regardais Sophia qui me dévisageait bizarrement.

« Qu'est-ce qui est différent ?

– Qu'est-ce que tu veux dire ?

– Tu as l'air différente. Tu as pris quelques kilos ? Ça te va bien. Tu as l'air en meilleure santé.

– Non, je ne crois pas. » Évidemment, je savais pertinemment de quoi elle voulait parler.

« Ah, non ? Pourtant, il y a quelque chose de différent. » Sophia était légèrement affalée sur sa chaise dans une posture typique des femmes d'affaires, jambes écartées. Elle tenait une cigarette dans sa main droite, un verre de vin dans la gauche. Soudain, elle a éteint sa cigarette et s'est redressée, s'est raidie – elle avait l'air d'une nonne dans cette position – avant de se tourner vers moi pour pouvoir me regarder en face. J'avais l'impression qu'elle était en colère contre moi. Du coin de l'œil, j'ai vu quelque chose surgir de derrière la porte de la chambre et se précipiter vers la salle de bains. Bizarrement, la présence de Naama me réconfortait.

« Je pense savoir ce qu'il y a, a dit Sophia sans changer de position.

– Que veux-tu dire ? »

Pour tromper l'ennui, j'étais en train de décoller l'étiquette de la bouteille de vin. J'ai levé les yeux vers Sophia et quelle surprise ! Elle avait les joues gonflées comme des baudruches. Elle écarquillait de plus en plus les yeux au point qu'ils jaillissaient presque de leurs orbites. Ses lèvres, désormais épaisses et gorgées de sang, se sont entrouvertes pour dévoiler une rangée de dents noires qui se sont muées sous mes yeux en de minuscules pointes.

Le souffle coupé par la surprise, j'ai laissé échapper un petit cri et sauté de ma chaise. Ce faisant, j'ai renversé la bouteille de vin. J'ai braqué le regard sur la table au son du verre et du bois qui s'entrechoquaient, cillé et, lorsque j'ai relevé la tête, Sophia était redevenue Sophia. Elle riait.

« Tout ce que j'ai voulu dire, c'est que tu es très jolie. »

Je la dévisageais, sans voix.

« Oh, ne sois pas ridicule ! a-t-elle dit exaspérée, tu as peur. Détends-toi. Tu auras bientôt le monde à tes pieds. »

Je suis restée muette, toujours pétrifiée. Le voile noir commençait tout juste à me recouvrir les yeux, je commençais à m'effacer pour laisser place au démon quand j'ai entendu le cliquetis des clés dans la serrure. Ed et Alex étaient de retour, les bras chargés de deux sacs remplis de plats préparés japonais, riant comme de vieux copains. Naama s'est retirée sournoisement dans l'obscurité et le reste de la soirée s'est déroulé sans incident.

★

L'horrible vision concernant Sophia avait été tellement fugace que, le lendemain, j'étais persuadée d'avoir tout imaginé. Il ne pouvait plus y avoir aucune certitude désormais. On ne pouvait plus présumer de rien.

Aussi n'ai-je tiré aucune conclusion de ce qui venait de se passer. Pourtant, une semaine plus tard, j'ai eu une autre vision horrible : je m'apprêtais à prendre un taxi lorsque, surgie de nulle part, une jeune femme rousse s'est matérialisée devant moi. Elle s'est engouffrée dans le taxi dans lequel j'allais monter en claquant la porte derrière elle. Je l'ai dévisagée à travers la vitre que zébraient les traînées de pluie et les reflets éblouissants des réverbères autour de nous. Elle m'a regardée, hilare, en faisant rouler ses yeux dans leurs orbites, dévoilant les trous noirs luisants entre ses paupières.

Peu après, au cours d'une réunion avec un nouveau client chez Fields & Carmine, je me suis penchée sous la table pour ramasser un stylo qui, bizarrement, m'avait échappé des mains. Là, sous la table, à deux places de moi sur la droite, j'ai vu le visage du nouveau client, penché sous la table lui aussi, apparemment à la recherche de son stylo fugitif. Nos regards se sont croisés. Je lui ai adressé un petit sourire et m'apprêtais à me relever quand le démon m'a maintenue sous la table avec autant de force que le regard du client soutenait le mien. Il souriait à pleines dents ; puis son sourire est devenu de plus en plus large, ses lèvres se sont étirées sur toute la largeur de son visage. Il a haussé les sourcils en accent circonflexe si bien qu'il a fini par ressembler à un clown. « Je te connais », ai-je lu sur ses lèvres. Il n'avait pas proféré un son, mais sa voix de baryton a résonné dans ma tête avec beaucoup de clarté.

D'autres incidents se sont produits : un regard bizarre tandis que je faisais la queue à la banque, un visage grimaçant aperçu furtivement de l'autre côté de la rue ; mais aucun n'était aussi frappant que celui de Sophia, et je n'ai rien appris de ces étranges rencontres si ce n'est le fait que je n'étais pas seule et que j'avais désormais l'infortune d'être capable de voir les autres. Naama ne s'intéressait pas particulièrement à eux et moi non plus. À ce stade, la nouvelle la plus choquante n'était pas qu'il y en ait d'autres comme elle et moi ni que sa capacité à me manipuler allait crescendo : la révélation la plus choquante, c'était qu'avant j'avais été assez bête pour me croire capable de comprendre l'univers dans lequel je vivais.

Je suis retournée chez sœur Maria. Elle n'a pas voulu me recevoir. En apercevant mon visage à travers la vitre, elle s'est précipitée à ma rencontre pour m'empêcher d'entrer.

« Oh, non ! s'est-elle écriée, il y a des enfants ici, ma famille vit dans l'arrière-boutique. Je ne peux pas vous laisser entrer, pas dans cet état.

– Dans quel état ? Qu'est-ce que j'ai fait ?

– Amanda, je la vois. Elle est plus forte que jamais. Allez-vous-en. J'ai déjà essayé de vous aider une fois. »

J'ai éclaté en sanglots. « Qu'est-ce que je vais faire ? l'ai-je suppliée.

– Attendez ici. » Maria est retournée dans la boutique en verrouillant la porte derrière elle et est revenue peu après avec une grande bouteille identique à celle qu'elle m'avait donnée la première fois. Celle-là portait le numéro 17 : « DESTRUCTION DE DÉMON – EXTRA FORT ».

« Et servez-vous-en cette fois, a-t-elle ordonné en glissant la bouteille dans un sac en papier. Il faut aussi vous procurer le livre *Posses-*

sion, de K. L. Walker. Allez-vous-en, maintenant ! »

★

Je me suis éloignée de la boutique en titubant. Arrivée dans une rue plus déserte que les autres et flanquée de terrains vagues croulant sous les carcasses de voitures calcinées et les vieux matelas, je me suis arrêtée pour ouvrir le sac que Maria m'avait donné. J'ai débouché la bouteille et l'ai soulevée au-dessus de ma tête. Je l'ai penchée juste assez pour qu'un mince filet de liquide puisse me dégouliner sur le sommet du crâne.

Au même moment, les cieux grisâtres se sont ouverts et de grosses gouttes de pluie se sont mises à tomber. J'ai fermé les yeux en laissant couler le liquide sur ma tête. Il sentait l'anis, le musc et le ginseng. À travers mes paupières closes, j'ai vu des éclairs blancs déchirer le ciel. Ma peau brûlait comme après un coup de soleil là où coulait le liquide. J'ai ouvert les yeux pour découvrir la rue pleine d'immondices et j'ai entendu un rire. Et tout à coup, je riais moi aussi, ou pour être plus précise, elle riait à travers moi. J'ai ri au point de me coucher sur le béton crasseux, de me rouler sur les pages des journaux de la veille et les préservatifs usagés. J'ai lâché la bouteille qui s'est brisée en mille morceaux, la potion se répandant sur le béton. J'ai roulé dans le caniveau, trempée et couverte de sang après m'être écorchée sur le béton et les éclats de verre. Les commissures de mes lèvres ont commencé à me brûler avant de se fendre et de saigner, mais j'ai continué à rire.

« Amanda, a-t-elle ironisé entre deux éclats de rire, nos éclats de rire, tu croyais vraiment que ça allait marcher ? »

J'ai tenté de me procurer *Possession* de K. L. Walker, le livre que Maria m'avait conseillé. Disparu des étagères de toutes les bibliothèques, en rupture de stock dans toutes les librairies. Un après-midi, je me suis réveillée de l'une de mes absences et me suis retrouvée assise par terre devant la cheminée. Les jambes repliées sur le côté, le visage penché vers la cheminée, j'avais l'air aussi innocent qu'une jeune fille dans une lithographie de Currier et Ives. Un feu brûlait dans l'âtre ; lorsque j'ai réussi à me concentrer, j'ai vu en y regardant de plus près qu'il contenait aussi une petite pile de livres qui se consumaient doucement. Aussi vite que possible, j'ai couru chercher de l'eau à la cuisine pour éteindre le feu.

J'avais sous les yeux cinq exemplaires de *Possession*, tous brûlés au-delà de toute possibilité de restauration, les lettres du titre à peine lisibles sur la couverture.

J'ai laissé tomber *Possession* et trouvé un autre livre dont le titre – *Lutter contre les démons aujourd'hui* – me semblait prometteur, mais elle me l'a encore une fois fait tomber des mains. J'ai acheté *Se protéger du mal* qui s'est évanoui entre la librairie et le loft. Je l'avais mis dans mon sac, mais, une fois rentrée à la maison, il avait tout simplement disparu. Bientôt, je suis même devenue incapable de mettre le pied dans une librairie ; j'avais les meilleures intentions du monde au départ et pourtant, arrivée sur le seuil, je tournais les talons, incapable de pousser la porte. Je finissais par acheter une glace à un marchand ambulant ou par voler un nouveau rouge à lèvres dans une parapharmacie. Le même phénomène se produisait quand j'essayais d'entrer dans une église, une synagogue ou même dans les locaux de la Société pour une culture éthique, ce que j'ai essayé de faire par un bel après-midi d'automne. Même si j'avais eu la capacité de prendre rendez-vous avec un thérapeute sans l'annuler par la suite, je ne m'y serais pas rendue. J'étais sûre de ne pouvoir faire confiance à personne.

Ce combat, je devais le mener seule mais, manifestement, j'étais en très grande difficulté.

Bientôt, je n'ai plus eu une minute à moi. Quand elle n'était pas en moi, je la voyais courir à droite et à gauche, regarder par-dessus mon épaule, prête à s'insinuer en moi si nécessaire. Dans l'appartement, j'apercevais du coin de l'œil une mèche de cheveux noirs ou un petit pied caché dans l'ombre. Au bureau, j'apercevais sa main aux longs ongles naturels en train de gribouiller des modifications sur mes projets.

Les pertes de mémoire sont devenues monnaie courante. Dix minutes en rentrant du travail, une heure, puis deux ou trois, des journées entières. Ed a fêté son anniversaire mais je n'en garde pas le moindre souvenir. Il faut croire que cela ne s'est pas bien passé puisque, le lendemain, il ne m'adressait pas la parole.

La plupart du temps, je passais d'un extrême à l'autre. Je commençais à me dire : « Il faudrait vraiment que je laisse passer cet automobiliste. » « Mais pourquoi le devrais-je ? » ajoutait-elle. Ou c'était elle qui commençait : « Nous n'allons pas travailler aujourd'hui. Je crois que nous allons nous préparer et retourner dans ce petit bar où travaille le barman aux cuisses musclées. » J'avais beau crier, pleurer et lutter de toutes mes forces, c'était toujours elle qui l'emportait. Elle était plus forte que moi, voilà pourquoi elle l'emportait toujours.

Mes nouveaux dons de voyance, qui, jusque-là, n'étaient rien d'autre à mes yeux que le genre de petit jeu permettant de faire la maligne en société, ont commencé à me jouer des tours. Début novembre, je me trouvais seule chez les Fitzgerald en train de vérifier les mesures d'un mur contre lequel nous étions censés poser un placard. Je m'affairais au troisième étage lorsque j'ai remarqué une tache marron foncé sur le plâtre, une grosse éclaboussure entourée de gouttelettes de plus en plus fines. Cela ressemblait à du sang. J'ai essayé d'éviter les taches mais je n'ai pu m'empêcher de les frôler du revers de la main en plaçant le mètre sur le mur. La peau sèche sur le revers de ma main, juste sous l'auriculaire, a à peine frôlé les plus minuscules des éclaboussures.

Lorsque ma main a touché la surface glacée du mur, le monde s'est arrêté de tourner. Tout s'est figé et j'ai basculé dans un univers parallèle. La même chambre, mais croulant sous les vêtements bon marché et défraîchis. Une atmosphère confinée où flottait une odeur de linge sale et de tabac froid. C'était l'été.

Le calme régnait dans la pièce si l'on faisait abstraction des piétinements de deux hommes qui luttaient sans qu'aucun des deux ne soit apparemment capable de prendre le dessus. Ils avaient à peu près la même taille et la même corpulence et se ressemblaient. Ils étaient noirs, pas très grands, vêtus de pantalons bon marché et de chemises à larges cols qui leur collaient au corps. Je ne distinguais pas clairement leurs visages mais, de dos, ils se ressemblaient. Ils auraient pu être frères.

Celui qui se tenait le plus près de moi avait un objet étincelant à la main droite. J'ai regardé attentivement sa main et mes yeux ont fait un gros plan, comme avec le zoom d'un appareil photo. C'était un petit couteau, un canif ouvert au manche noir sculpté. Rapide comme l'éclair, l'homme a libéré son bras droit de l'emprise de son adversaire, l'a reculé et a poignardé son frère dans le cou. Agonisant, l'homme s'est effondré contre le mur aspergeant le plâtre de son sang là où ma main l'avait frôlé…

Tout a été fini en un éclair. J'étais de retour dans la chambre calme et déserte. J'ai laissé échapper un petit cri, suis sortie de la maison en courant, j'ai sauté dans ma voiture et me suis éloignée aussi vite que possible.

Le phénomène ne s'est pas arrêté là. Je devais à présent me séparer de la table de toilette chinoise que j'aimais tant. À chaque fois que je la touchais, j'étais submergée par une vague de tristesse que son précédent propriétaire avait laissée en héritage. C'était un petit bonhomme misérable, un antiquaire qui vivait seul dans son arrière-boutique et dont la principale occupation consistait à acheter et à lire des magazines pornographiques. J'ai échangé la table contre une commode très simple de style Shaker qui ne dégageait aucune émotion du tout, si ce n'est une impression générale d'application. Une robe jaune vintage que je gardais pour les grandes occasions me donnait désormais la nausée : sa précédente propriétaire était alcoolique et, lorsque je la portais, j'avais le foie attaqué par la cirrhose.

★

Le premier jour de décembre, j'ai décidé d'acheter le cadeau de Noël d'Ed. L'été précédent, dans un magasin d'un quartier chic qui gonflait les prix de façon totalement ridicule, il était tombé en admiration devant une petite coupelle à sel. Je voulais voir si elle était toujours en vente avant de lui acheter un nouveau pull bleu.

J'ai été étonnée de constater à quelle vitesse notre couple s'était désintégré après ce week-end sur la côte. Même les moments de calme étaient teintés de colère et de ressentiment. Finies les rigolades devant un mauvais film. Finis les petits noms affectueux. Et plus question de parler dans notre langage secret. Nos échanges étaient devenus très formels.

« Tu vas faire des courses ?

– Ouais. Tu veux quelque chose ?

– Tu peux prendre du jus d'orange ? Celui…

– Ouais, je sais. Bien sûr.

– Merci.

– Pas de quoi. »

Je marchais dans une rue tranquille et bordée d'arbres en direction du supermarché. L'air était froid et sec malgré le soleil. De part et d'autre de la rue se dressaient les résidences massives en travertin et marbre à l'architecture tarabiscotée qui faisaient la renommée du quartier. La plupart d'entre elles avaient été transformées en complexes d'appartements ou en écoles privées. Je rêvassais en marchant. Elle finirait par me quitter. Elle se lasserait de moi, de nos querelles et me laisserait tranquille. Je serais enfin capable d'avouer la vérité à Ed et il serait obligé de me pardonner.

Sur ma droite, une porte s'est ouverte et une ribambelle de fillettes s'est engouffrée dans la rue ; elles devaient avoir 9 ou 10 ans et semblaient toutes avoir la même peau fine, le même teint pâle et la chevelure épaisse tirée en queue-de-cheval. Quelques-unes étaient emmitouflées dans des écharpes, des gants et des cache-oreilles, mais la plupart n'avaient pas boutonné leurs manteaux. Je me suis arrêtée pour leur céder le passage. Je n'étais pas pressée. J'ai allumé une cigarette en regardant les fillettes passer. Derrière la foule se tenaient deux femmes, des professeurs, ai-je supposé. Elles m'ont regardée avec insistance. Elles faisaient simplement leur travail, les fillettes étaient leur matière première, il fallait les surveiller avec la plus grande attention. L'une des fillettes courait dans ma direction pour ne pas rater son bus ou sa leçon de danse de l'après-midi ; elle a tourné la tête pour lancer à une amie : « N'oublie pas de m'appeler ce soir ! » et m'a percutée. Je l'ai attrapée par les coudes pour l'empêcher de tomber. Elle est restée sonnée l'espace d'un instant.

« Je suis désolée ! » s'est-elle écriée. C'était une petite brune au regard inquiet. Elle s'attendait manifestement à se faire gronder. Je l'ai lâchée en souriant.

« Ne t'en fais pas, il n'y a pas de mal. »

Elle a souri, soulagée, avant de reprendre sa course. À ma gauche, j'ai aperçu l'ombre de Naama qui me suivait.

La ribambelle de fillettes s'est dispersée et j'ai repris mon chemin. Mais plus loin, quelqu'un d'autre m'a bousculée ; cette fois, c'était une femme un peu plus âgée que moi qui fonçait à une telle vitesse que je n'ai pas eu le temps de l'éviter. Elle a trébuché au moment où elle m'a heurtée et je lui ai pris le bras pour la rattraper. Elle avait un brushing impeccable, des cheveux blonds savamment arrangés sur le front pour cacher ses rides.

« Excusez-moi », a-t-elle lancé, sèche et sarcastique en essayant de se dégager. Je voulais lui lâcher le poignet. Je n'étais pas tellement en colère, après tout. Mais ma main refusait d'obéir.

« Vous ne devriez pas adresser la parole aux étrangers, lui ai-je conseillé. Vous devriez regarder de chaque côté de la route avant de traverser. » Ma vision est devenue floue et une brume noire zébrée de rouge a englouti le monde autour de moi tandis que je continuais à parler.

Les mots ont fini par se tarir, la brume par s'évanouir et ma vision par redevenir nette. La femme était couchée par terre, en larmes. Je lui avais brisé le poignet en deux.

★

J'ai essayé de tout dire à Ed. J'ai essayé de le dire à qui voulait l'entendre. Mais je me rendais compte qu'il était trop tard, désormais. J'ouvrais la bouche pour parler et les mauvais mots sortaient. *Edward, aide-moi* devenait *Edward, passe-moi le sel. Je suis possédée* devenait *Je suis fatiguée*.

J'ai essayé de la prendre par surprise, de hurler la vérité à l'improviste. Mais il est impossible de surprendre un être qui vit en vous. Au lieu de cris, tout ce qui sortait de ma gorge, c'étaient de longues quintes de toux sèche. *À l'aide*, criais-je à l'intérieur, *sauvez-moi*, mais tout ce que les gens entendaient c'était un long *hum, hum*.

Je me réveillais tous les matins en me disant aujourd'hui, c'en est fini de toutes ces absurdités. Aujourd'hui, je vais oublier toute cette folie, être normale.

Elle répondait : *Mais je t'aime, Amanda. Je t'aime et je ne te quitterai jamais.*

Va-t'en ! lui hurlais-je sans bruit. *Sors !*

Oh, non ! répondait-elle, *je n'irai nulle part*. Et puis, première des choses, elle provoquait une dispute avec Ed. Il disait « Bonjour » et j'essayais de répondre « Bonjour » mais rien ne sortait. Je luttais, me tortillais en essayant de me servir de mes cordes vocales pour parler mais je n'y arrivais pas. Ma gorge lui appartenait désormais. Alors je me taisais.

« Eh bien, il y en a une qui est de bonne humeur aujourd'hui ! » répondait Ed en haussant les sourcils. Ou peut-être que, après son « Bonjour », elle lançait « Qu'est-ce que cette journée a de si bon ? » ou « Pourquoi ne reste-t-il pas plus de café ? », ou, et ça, c'était le pire, elle lui répondait « Bonjour » d'un ton dégoulinant de sarcasme, si bien qu'Ed reposait violemment sa tasse de café avant de partir au bureau sans dire au revoir.

Chaque nuit maintenant, après que je m'étais endormie, elle m'entraînait sur la plage de sable écarlate sur les rives de la mer aux eaux rubis.

Je voulais savoir pourquoi. Pourquoi moi ?

« Pourquoi pas ? répondait-elle. Qui pourrait mieux convenir ? »

Je ne savais que répondre. « Je ne sais pas ce que tu veux. Dis-le-moi. Je te donnerai n'importe quoi, tout ce que tu veux.

– Tout ce que je veux, c'est toi. Je ne peux pas m'amuser sans toi.

– Qu'est-ce que tu veux ? suppliai-je. T'amuser comment ?

– Comme ça. »

★

Nous étions de retour sur la terre ferme, dans une grande pièce qui scintillait de la lumière de milliers de minuscules ampoules. Des lustres à pampilles. Une fête. Tenue de soirée exigée. Le bruit de la fête, un grondement sourd et régulier.

J'étais debout près du bar et caressais d'un doigt le col de ma robe. Cela me ressemblait, c'était bien moi mais, en réalité, c'était elle. Je portais la tenue parfaite : robe noire, bas, talons aiguilles vernis. J'avais la sensation d'une épaisse couche de maquillage sur mon visage et de cheveux relevés en chignon banane.

Quelqu'un m'a tapé sur l'épaule. Je me suis retournée : un homme se tenait derrière nous, le sourire aux lèvres. Il était jeune et blond avec un large sourire. Dans son smoking, il avait presque l'air d'un petit garçon qui joue à se déguiser.

« Je croyais que tu devais me rejoindre sur la piste de danse.

– Je n'ai pas envie de danser, lui ai-je répondu avec un haussement d'épaules. Pourquoi ne pas aller faire un tour plutôt ?

– Où ça ?

– Dans le coin. » Je l'ai pris par la main et lui ai fait traverser la pièce pour prendre un petit couloir dissimulé derrière la piste. Nous avancions ; le couloir est devenu plus sombre, les murs n'ont bientôt plus été recouverts de papier peint, le sol plus recouvert de moquette. Les bruits de la fête s'étaient tus. Nous avons descendu quelques marches pour accéder au sous-sol en béton. C'est là qu'était dissimulé tout l'équipement (chambre froide, chaudière, tuyaux courant d'un lieu mystérieux à un autre). Quelques ampoules électriques éclairaient la pièce.

« Qu'est-ce qu'on fait là ? » a-t-il fini par demander. Il a souri mais d'un sourire un peu nerveux cette fois, un peu forcé. Il avait peur. J'ai avancé vers lui pour l'embrasser et il s'est détendu entre mes bras. Tout en l'embrassant, j'ai commencé à le déshabiller : la veste d'abord, puis la cravate et enfin la chemise. La peau de son dos était parfaitement lisse et chaude. J'étais perdue dans sa peau et ses lèvres quand une tache pourpre s'est dessinée au fond de mon œil. Je lui ai griffé violemment le dos, lui ai mordu la lèvre, la langue. Il a tenté de me repousser mais n'y est pas arrivé, j'étais trop forte. Le sang lui dégoulinait sur le menton. Il a essayé de hurler mais j'ai plaqué ma bouche sur la sienne pour étouffer ses cris. J'ai enfoncé mes ongles dans la chair de son dos au point de déchirer cette peau si parfaite. Il a essayé de m'attraper les bras, tenté de faire ce qu'il pouvait, n'importe quoi, mais Naama était la plus forte. Elle approchait la main de son cou quand nous avons été interrompus.

« Hé ! a crié quelqu'un en haut de l'escalier. Qui est là ? Remontez, personne n'est autorisé à… »

Je l'ai lâché et me suis enfuie.

★

Nous étions de retour sur la plage rouge rubis. Des poissons écarlates sautaient dans les vagues. Le vent m'ébouriffait les cheveux.

« Pourquoi ?

– Pourquoi, pourquoi, pourquoi ? s'est-elle moquée. Tu le sais, Amanda. Tu m'as laissée entrer. Tu m'as invitée.

– Tu MENS ! Je n'ai jamais rien voulu de tout ça.

– Regarde ! » m'a-t-elle ordonné en désignant

l'horizon. Sur l'écran du ciel, des images défilaient. C'étaient Ed et moi dans le loft, le soir où je l'avais brûlé avec ma cigarette. Nous étions assis sur le canapé, je m'apprêtais à éteindre ma cigarette quand, exactement comme dans mon souvenir, mon bras droit changeait soudain de direction pour écraser le mégot sur la cuisse d'Ed. Il hurlait. Je hurlais. Fin de l'extrait. L'espace d'une seconde après avoir crié, un petit sourire fugace s'était dessiné sur mes lèvres. J'étais heureuse, heureuse car Ed le méritait, ça et bien pire encore.

« Tu m'as obligée à le faire ! Tu m'as forcée à le faire et tu m'as forcée à aimer ça ! De A à Z. »

Naama a soupiré, manifestement à bout de patience. « Je ne t'ai jamais forcée à faire quoi que ce soit. Je t'ai seulement laissé faire ce que tu voulais. Je te l'ai déjà dit, Amanda : sans toi, je suis incapable de m'amuser. »

J'ai commencé à devenir de moins en moins fiable au travail. J'arrivais en retard, je partais tôt, je ratais souvent des réunions importantes. Le peu de travail que j'accomplissais était génial sur le plan créatif mais laissait à désirer sur le plan technique. Le démon ne s'intéressait pas aux détails – d'ailleurs, elle se fichait même de savoir si la concrétisation d'un projet était envisageable, tant qu'il était esthétique. Mes collègues râlaient mais ils m'aimaient bien avant que toute cette histoire ne commence. Je me disais que tout le monde avait envie de me donner une seconde chance.

Tout le monde sauf James Cronin. Il est allé voir Leon Fields et John Carmine, leur a fait remarquer les rares erreurs qui leur avaient échappé et s'est vu bombardé responsable du projet Fitzgerald.

Il ne s'est rien passé la première semaine. Et la deuxième s'est déroulée sans anicroche. Mais au milieu de la troisième semaine, je n'ai pas été surprise de me retrouver au bureau tard, un soir, en train de l'inviter à boire un verre.

Nous étions seuls au bureau. James, Naama et moi. Lui assis à son bureau et moi debout près de lui, sans vraiment savoir comment j'avais pu m'arranger pour que nous en arrivions là. La plupart des lumières étaient éteintes. Seule brillait l'applique fluorescente placée au-dessus de son bureau, le reste de la pièce plongé dans les ténèbres.

« Que dirais-tu d'un verre ? l'ai-je entendue demander.

– Hein ?

– Allez, a-t-elle insisté. Juste un verre. Je ne suis pas encore prête à rentrer. » J'ai senti mes lèvres esquisser un sourire. J'avais un sourcil relevé et la tête légèrement penchée sur la droite.

« Bien sûr. Pourquoi pas ? » Il s'est levé pour attraper son manteau. Puis la périphérie de ma vision est devenue de plus en plus sombre au point de ne plus voir qu'à travers un trou d'épingle, et, avant d'avoir quitté le bureau, tout était noir et je n'étais pas, je n'étais plus…

Et puis, j'étais de retour. Une odeur horrible, des années d'urine et de pourriture. L'obscurité. Au bout d'un moment, mes rétines s'y sont accommodées et je me suis aperçue que j'étais dehors, dans une ruelle. Non, pas une ruelle, un tunnel plutôt. Je me suis retournée. Le tunnel d'une quinzaine de mètres de long sur trois de large était faiblement éclairé à chaque extrémité. Masquée par les relents d'urine, il y avait une autre odeur, familière, un mélange d'herbe, de terre et d'excréments. Un jardin public. Je me trouvais dans un tunnel sous l'une des collines d'un jardin public.

À mes pieds, j'ai vu le corps de James Cronin, couché sur le dos. Son cou était plié si bien que sa tête était parallèle à ses épaules ; elle reposait dans une épaisse flaque de sang.

J'ai enjambé James Cronin pour faire quelques pas en direction du sud. À part le bruit de mes pas, aucun son ne troublait le silence du tunnel. Sur le mur, on distinguait les vestiges d'une vieille fontaine, une étonnante mosaïque de Méduse, les serpents ondulant sur son crâne ; en des temps meilleurs, l'eau aurait coulé de sa bouche. Elle me lançait un regard empreint de compréhension. J'avais toujours adoré cette fontaine.

Je suis retournée près de James et me suis accroupie pour le regarder. Bien évidemment, il n'avait pas bougé. Sa veste était déboutonnée et la ceinture de son pantalon défaite. Il s'était certainement vu promettre une petite gâterie dans un lieu semi-public. Son visage avait la même expression que toujours ; même mort il avait l'air suffisant.

Il n'y avait rien à faire. Alors, je me suis levée, suis sortie du tunnel, j'ai traversé le parc pour regagner la rue et j'ai appelé un taxi pour rentrer à la maison.

★

Naturellement, James n'est pas venu travailler le lendemain et n'a pas appelé non plus pour se faire porter pâle. Au bureau, à l'heure du déjeuner, l'anxiété collective a commencé à prendre de l'ampleur. Ça ne ressemblait pas à James d'être absent. Ça ne lui ressemblait pas de ne pas appeler. Quelques collègues ont laissé des messages sur son répondeur. *James, on a juste envie de savoir si tu vas bien. James, nous sommes inquiets, appelle le bureau, s'il te plaît.* L'anxiété a grandi et, arrivé 16 heures, nous en étions à nous interroger les uns les autres sur sa vie privée : est-ce qu'il a une petite amie ? Vous connaissez ses amis, sa famille ? Bon, ce n'est qu'une absence d'une journée, nous rassurions-nous. Une journée, une seule. S'il ne vient pas demain, nous prendrons des mesures. Personne ne savait lesquelles au juste, mais nous étions tout à fait convaincus que si James était encore absent le lendemain, nous agirions.

Le lendemain à l'heure du déjeuner, Ginny McPhee a appelé la police. Alex Levaux lui a dit qu'elle dramatisait.

« Ça m'est égal, a-t-elle rétorqué. Ce n'est pas bien de rester les bras croisés alors que James pourrait être à l'hôpital, malade ou je ne sais quoi. »

Deux policiers en uniforme bleu sont venus au bureau. Ginny leur a résumé la situation. Ils ont posé les questions de circonstances, toutes à côté de la plaque. James était-il toxicomane ? Alcoolique ? Jouait-il ? Avait-il des dettes ? J'écoutais, assise à ma table de travail.

L'anxiété a atteint son paroxysme le lendemain lorsque Ginny McPhee a appelé la police et s'est entendu dire que James était désormais officiellement porté disparu. Le cabinet Fields & Carmine a contacté sa famille dans l'Ohio. Ginny vérifiait auprès de la police tous les jours. Ni piste, ni preuve, ni indice. C'est alors qu'il s'est produit quelque chose que je n'aurais jamais cru possible chez Fields & Carmine : l'équipe s'est habituée à l'absence de James. Nous avons cessé de parler de lui. Nous avons cessé d'y penser. Le bureau a adopté un nouveau mode de fonctionnement dont James était tout simplement exclu. C'est comme cette bonne agrafeuse que vous retrouviez posée sur votre bureau tous les matins pendant des années, la meilleure, celle qui ne s'enrayait jamais, et qui avait disparu un beau jour. Vous avez passé quelques jours à farfouiller à droite, à gauche pour la retrouver avant d'en prendre une neuve, de passer à autre chose et d'accepter sa disparition comme l'un des petits mystères de la vie jamais élucidés. C'est ce que nous avons fait avec James.

À part Ginny McPhee. Elle pleurait assise à son bureau. Elle parlait de lui sans arrêt. Elle a appelé la police tous les jours jusqu'à ce qu'ils finissent par lui fournir une réponse, quinze jours après sa mort : James s'était fait agresser et assassiner dans le parc en rentrant du bureau le mardi. Son corps avait été retrouvé le lendemain matin mais il y avait eu un léger cafouillage concernant son identification. Retrouver l'auteur de l'agression si longtemps après les faits paraissait hautement improbable. Tellement improbable que la police s'est montrée tout à fait claire : inutile d'investir du temps et de l'argent dans l'enquête. Les locaux de Fields & Carmine sont restés fermés pendant le reste de la semaine et, le dimanche suivant, nous étions tous en larmes aux obsèques de James. Et le lendemain, nous nous retrouvions au bureau et reprenions nos marques car, après tout, l'un de nos collègues était mort. On n'a plus jamais entendu parler de James Cronin.

★

Peu après cet événement, j'ai cessé d'aller travailler. Je ne sais pas si j'ai donné un préavis ou si j'ai simplement arrêté de me présenter au bureau, mais en tout cas je n'ai plus jamais remis les pieds chez Fields & Carmine. Ed ne s'en doutait pas du tout. En des temps meilleurs, il m'appelait au bureau deux fois par jour, mais cela faisait des mois maintenant que nous ne nous appelions plus juste pour entendre la voix de l'autre. Et quand il a appris que j'avais perdu mon poste, c'était devenu le cadet de nos soucis.

★

Je me suis encore une fois retrouvée dans le petit bar sombre au coin de la rue, près de mon ancien bureau. J'étais encore une fois assise près du même homme – séduisant, tatoué, ivre.

« Éric. » Je ne savais ni comment j'étais arrivée jusqu'ici ni comment je connaissais son nom, et pourtant…

« Naama. C'est un prénom bizarre. C'est de quelle origine ? Arabe ?

– Satanique.

– Hein ?

– Akashic.

– C'est quoi ça, un peu comme du persan ?

– Oh, oui !

– Ah ! Alors, on y va ?

– Où ça ?

– Faire un tour. Tu as dit que tu avais envie d'aller faire un tour.

– C'est vrai. J'arrive. On est partis. »

Je n'ai rien vu ni de Noël ni du premier de l'an. Les journées étaient brèves et glaciales, et les nuits bien trop longues. Ed a cessé de me demander où je passais mes nuits. Il ne m'attendait plus pour dîner, ne répondait plus quand Naama le provoquait. Il était au bout du rouleau. Il avait tout essayé : faire preuve de gentillesse, de compréhension, faire certaines suggestions, comme la thérapie par exemple, il avait hurlé, supplié, m'avait ignorée et il passait enfin à autre chose.

La roue commençait à tourner et c'était Edward qui provoquait les disputes désormais. C'était lui qui était en retard pour le dîner, qui venait se coucher tard, qui rentrait tard, en plein milieu de la nuit.

La preuve, je l'ai eue grâce à ce fameux coup de téléphone. Il pensait que j'étais sortie, rien de bien surprenant. Nous avions renoncé à nous tenir au courant de nos allées et venues respectives, et je ne passais plus beaucoup de soirées à la maison. Mais ce soir-là, je me trouvais dans la chambre. Naama tripotait les herbes qu'elle cachait dans mon tiroir à lingerie. Les petits fagots de brindilles et de racines étaient apparus quelques semaines plus tôt. Je n'ai jamais vraiment compris ce qu'elle en faisait, mais, lorsqu'elle était à la maison, elle passait souvent son temps à en brûler un petit tas dans un cendrier ou à réorganiser les fagots selon diverses combinaisons. Heureusement, les propos d'Ed intéressaient Naama qui m'a entraînée près du mur pour l'écouter. Il était au téléphone avec quelqu'un.

« Non. Je ne sais pas. Je crois qu'elle ne va plus chez le médecin. » Une pause pour laisser répondre la femme à l'autre bout du fil. « Je ne sais pas ce que je vais faire. Non, pas ce soir, je suis déjà rentré. Demain… ouais, je sais. Il faut que ça change… Bien sûr que j'ai essayé de lui parler, j'ai essayé des milliers de fois. Écoute, laisse tomber, d'accord ? Non, je n'ai vraiment pas envie d'en parler. Demain. Demain… Bien, bonne nuit… Je t'aime aussi. »

Edward a raccroché et le démon est retourné à ses herbes.

★

Bientôt, Ed passait des week-ends entiers à l'extérieur. Il prétendait vaguement qu'il partait en voyage d'affaires, mais ni lui ni moi ne faisions même semblant d'y croire. Lorsqu'il était à la maison, il dormait sur le canapé. Nos « s'il te plaît » et nos « merci » étaient glacés. Si par mégarde l'un de nos membres frôlait l'autre, nous l'éloignions immédiatement en nous raidissant.

Au cours de sa dernière journée passée à la maison, Ed m'a trouvée au lit avec un autre homme, venu relever le compteur du gaz, apparemment ; j'aurais été incapable d'expliquer comment les événements s'étaient enchaînés pour en arriver là. Lorsque Ed est rentré à la maison, l'homme s'est levé, habillé et s'est précipité dehors si vite que je ne l'ai même pas vu partir.

C'est ce jour-là qu'Edward m'a quittée.

Couchée nue sur le lit, je pleurais en silence. Ed a pris une valise marron que je n'avais jamais vue avant et qu'il s'est mis à remplir. Je n'arrête pas de revoir cette valise encore aujourd'hui. Attendait-il cette occasion pour s'en servir ? Sa petite amie la lui avait-elle offerte ?

Il n'a pas arrêté de parler tout en faisant ses bagages ; il a jeté autant de vêtements à travers la chambre que dans sa valise. Le démon filtrait ses propos dont je ne percevais que des bribes.

« Je le savais… J'en étais sûr, putain… Conneries… Responsabilité… Refus des responsabilités… Refuse d'en parler… »

Edward a lancé une chaussure à travers la pièce. J'ai senti un sourire se dessiner sur mes lèvres. J'étais en train de me rouler sur le lit en riant. Naama était hystérique, prise de délire. Elle voulait qu'il parte. La dernière des choses dont je me souvienne à propos de cette journée, c'est d'Edward agenouillé près du lit qui faisait son possible pour m'obliger à me concentrer sur ce qu'il disait.

« Amanda, tu m'écoutes ? Amanda, c'est TROP. JE M'EN VAIS. Amanda, tu m'entends ? JE M'EN VAIS ! »

★

Une fois Ed parti, le temps m'a échappé. Je m'éveillais après une perte de conscience en pensant qu'une ou deux heures venaient de s'écouler et découvrais que plusieurs jours étaient passés. Occasionnellement, les moments de lucidité s'amalgamaient mais les événements n'avaient au final ni queue ni tête.

J'étais au lit, couchée sur un énorme matelas circulaire recouvert des draps les plus doux que j'aie jamais touchés. Des murs couleur d'azur et couronnés de moulures rococo blanches m'entouraient. On se serait cru chez les Fitzgerald. La pièce était immense, presque aussi vaste que le loft. C'était peut-être la pièce la plus vaste que j'aie jamais vue. J'étais seule et nue. Et puis un voile noir m'a recouvert les yeux, les oreilles et tout le reste, et j'ai disparu.

Je n'étais plus dans la pièce aux murs bleus, mais de retour dans le loft. J'étais assise devant la cheminée en train de brûler méthodiquement le moindre vêtement ayant appartenu à Ed. Quelqu'un a frappé à la porte. Non, quelqu'un a frappé à une porte. Le bruit venait de la salle de bains. L'immense table de la salle à manger avait été déplacée devant la porte de la salle de bains pour que la personne ne puisse pas s'échapper.

« S'il vous plaît, appelait une femme. Je ferai n'importe quoi, s'il vous plaît, laissez-moi simplement sortir. J'ai besoin d'un médecin. Je suis blessée.

– Oh, non ! a répondu Naama, je crois que nous n'en avons pas terminé. »

Du rose. Beaucoup de rose. Je me suis lentement aperçue que je me trouvais dans une chambre de femme. Non, une boutique de lingerie. Tout était rose et doré. Le genre de boutique que l'on trouve dans tous les centres commerciaux de luxe et quartiers commerçants du pays. J'aurais pu me trouver n'importe où. Les notes grêles d'un morceau de musique classique flottaient entre les rayons de soutiens-gorge pigeonnants et de déshabillés vaporeux. Je déambulais près d'un long portant couvert de soutiens-gorge, et tous les deux ou trois pas en attrapais un qui débordait de dentelle. Du bout de l'ongle cassé et tout écaillé de l'index de la main droite, je déchirais la partie la plus délicate de chacun des vêtements. *Craaac*, la dentelle blanche, le satin rouge, le nylon noir. *Craaac* : le petit bruit d'un soutien-gorge à armature jaune en train de se déchirer est particulièrement doux à l'oreille. J'arpentais les rayons en sélectionnant un soutien-gorge sur quatre ou cinq pour y planter l'ongle : *craaac*, quel joli son.

Quelques jours plus tard. J'étais enveloppée par la grisaille et une odeur âcre qui flottait dans l'air. Un train. Le wagon était à moitié plein. Quelques hommes vêtus de costumes informes et en piteux état, des femmes accompagnées de trop nombreux enfants. J'ai baissé les yeux : je portais une très jolie robe noire que je n'avais jamais vue jusque-là, boutonnée devant, avec une paire d'escarpins en cuir blanc à l'origine tout aussi mystérieuse. Un regard. J'ai senti un regard furtivement posé sur nous. J'ai levé la tête : à l'autre bout du wagon, j'ai aperçu une jeune femme à l'allure négligée et à la face de rat, âgée de 20 ans au maximum, qui me regardait avec un sourire entendu et répugnant. Des cheveux raides et gras lui tombaient droit sur les épaules. Elle portait une veste en denim crasseuse et un tee-shirt noir au nom d'un groupe de *death metal*. Ses yeux délavés brillaient. La fille à la face de rat a jeté un coup d'œil autour d'elle pour vérifier que personne ne la regardait avant de concentrer toute son attention sur moi. Puis elle a tiré la langue bien à plat jusqu'au menton. Elle a penché en arrière la partie supérieure de son corps et relevé doucement la langue vers le nez. On aurait dit une charmeuse de serpent en train de charmer un épais serpent rose. Sa langue s'est allongée pour aller toucher le point entre ses sourcils. À ma grande horreur, et au grand amusement de Naama, la fille, dont le visage était à demi recouvert par la membrane bleutée sous la langue, s'est encore penchée en arrière, son visage désormais tourné vers le plafond, et ses yeux ont roulé dans leurs orbites ne laissant paraître que le blanc.

Un petit nuage noir qui dégageait une odeur de sang a surgi de sous sa langue. Terrifiée, j'ai vu le nuage flotter jusqu'à moi. Lorsqu'il a été à sa portée, Naama a ouvert la bouche, s'est penchée vers le nuage et, malgré la distance, l'a avalé aussi aisément qu'une grenouille avale une mouche.

Je me suis réveillée en train de vomir dans une poubelle à un coin de rue, pas très loin de chez moi.

« Mademoiselle ? Excusez-moi, mademoiselle. »

J'ai levé la tête : un policier était debout devant moi, un monsieur-muscles à moustache qui lorgnait ma poitrine. Il m'a proposé de me ramener chez moi. J'ai accepté avec gratitude. À l'arrière de la voiture de police, les portes n'avaient pas de verrou. Une épaisse vitre en plexiglas séparait les sièges avant de la banquette arrière – les aurait séparés, plutôt, si le policier l'avait fermée.

Tout le monde fait confiance à une jolie fille.

« Ma femme l'a, elle aussi. La grippe intestinale. La semaine dernière, les enfants l'ont eue et, là, c'est ma mère qui l'a attrapée. Il vous tue, ce virus, il vous met complètement à plat, et ils l'ont tous attrapé. »

Il a fait une pause pour regarder dans le rétroviseur et a constaté que je le dévisageais. Il s'est raclé la gorge et a ajusté son chapeau.

« Excusez-moi. Je m'excuse. Ce que je voulais dire, c'est que la grippe, c'est terrible. »

★

Nous étions de retour sur la plage rouge rubis au bord de la mer écarlate. Désormais, je savais que le liquide rouge était du sang dont le sable était taché. Elle jouait dans les vagues, agile et gaie comme un dauphin.

Je me suis retournée pour tenter de m'enfuir. Mais c'était comme si c'était moi qui étais sous l'eau, je n'avais la force de bouger ni bras ni jambes. Soudain, elle était près de moi, debout sur le sable, son sourire découvrant ses petites dents acérées, et me regardait m'efforcer de courir.

« Arrête, Amanda, m'a-t-elle ordonné. Je t'aime. Je ne te laisserai jamais partir. »

Et puis, un jour, au milieu d'une longue tempête de neige, Ed est rentré à la maison. Naama m'avait ramenée à l'appartement après avoir passé plusieurs jours à s'amuser comme elle aimait et je l'ai trouvé là, assis sur le canapé, le costume et la cravate fripés, une petite flaque de neige fondue à ses pieds. Pour la première fois depuis des semaines, je m'exprimais avec ma propre voix.

« Ed », me suis-je écriée en me précipitant vers lui, vers son visage triste et vieilli ; je me suis blottie tout contre lui et l'ai enlacé. Tendu, il n'a pas bougé, a continué à regarder fixement devant lui, mais ça m'était égal. Le simple fait de le revoir était plus que je n'avais espéré. Dès que je l'ai pris dans mes bras, il m'a repoussée et s'est levé. Gêné, il a fait les cent pas devant le canapé en regardant fixement dehors, vers la porte, n'importe où sauf dans ma direction.

« J'ai essayé d'appeler, s'est-il justifié. Je t'ai écrit. Tu n'as jamais répondu. J'ai pensé que tu avais peut-être déménagé. Je, je… »

Il a éclaté en sanglots. Il a essayé de résister au début, a balbutié « je » plusieurs fois d'une voix étranglée, sourde, tout en faisant les cent pas avant de s'abandonner à ses pleurs, de laisser son visage se chiffonner, les larmes lui baigner les joues et son nez couler. J'ai eu un coup au cœur. Il y avait peut-être un moyen, pensais-je, je pourrais lui expliquer et…

« Oh ! Ed, je… » *je t'aime,* aurais-je voulu lui dire. *Je t'aime, tu me manques et je ne comprends pas pourquoi tout ça est arrivé. Pourquoi ça nous est arrivé à nous, entre tous. Tu te rappelles les fleurs que tu m'as offertes à notre troisième rendez-vous ? Tu te rappelles les mouettes dont nous nous sommes moqués sur la plage, l'année dernière ? Ce film horrible, celui avec les sous-titres, au sujet duquel nous avons plaisanté pendant des semaines ? Les longues promenades au parc, le samedi ? Les dimanches passés aux puces ? La fête de Noël où nous avons tellement bu, où nous avons eu cette terrible dispute et avons failli nous écharper, et comme c'était drôle le lendemain ? Les bonbons que tu m'achetais les fois où tu ne rentrais pas à la maison ? Ce n'est pas juste. Vraiment pas juste.* Mais Naama m'a verrouillé la gorge et je suis restée assise, le visage impassible tandis qu'il se reprenait.

« Je demande le divorce, m'a-t-il annoncé. Je veux me remarier. »

Toutes ces nuits où j'ai attendu. Ces nuits où tu n'as même pas appelé.

« Je suis sûr que ce n'est pas une surprise. Ça fait plus d'un an. Elle – bref, je sais que tu es au courant. Nous – ce n'est pas la peine d'entrer dans les détails. Je ne sais pas pourquoi on n'a jamais pu en parler, on aurait pu faire ça tellement plus tôt, on aurait pu aller de l'avant, tous les deux… »

La piscine sur le toit, en Californie, d'où nous avons admiré le coucher de soleil. Tous les repas à emporter. Le contact de ta peau chaude et sèche contre la mienne. Les fêtes d'anniversaire de ta mère. Les obsèques de ton père. On avait prévu d'aller à Hawaii un jour, à Paris. On allait acheter un nouveau lave-vaisselle, une nouvelle voiture. Rien n'a changé, avais-je envie de lui dire, *en ce qui me concerne en tout cas, je suis toujours là, regarde-moi, regarde-moi* – mais j'étais incapable d'ouvrir la bouche. Je tombais, engloutie par l'épaisse brume rouge, au fond d'un puits sombre et sans fond, je luttais et m'accrochais de toutes mes forces, je voulais rester, mais il n'y avait rien à quoi se raccrocher, rien à agripper, et je suis tombée de plus en plus bas, au point de disparaître.

J'étais étendue sur le sable écarlate au bord de la mer rouge sang. Naama était allongée près de moi. Elle a souri et, dans le sable, a tracé trois mots du bout de l'index : J'AI GAGNÉ.

D'abord, il y a eu Lilith. C'était la première femme d'Adam, mais elle ne lui convenait pas du tout ; elle refusait de se soumettre et de subir, refusait de faire ce qu'il lui demandait ou ce qu'il lui ordonnait. Alors on m'a modelée sur mesure. Tout allait être parfaitement à sa place. Bien comme il faut. Aucune erreur ne serait commise cette fois, et, sur la terre toute neuve et sauvage, il a assisté à ma création à partir d'une poignée de poussière. Les os, d'abord. Il a commencé par les pieds, puis les jambes jusqu'aux hanches, la colonne vertébrale, les côtes, les bras de chaque côté et puis le crâne rond et blanc au-dessus. Ensuite il s'est attaqué à tout ce dont j'avais besoin pour vivre : foie, rate, intestins, utérus, cœur et poumons, cerveau, yeux et langue, tous façonnés à base de poussière sous les yeux de mon compagnon. Il a placé les muscles par-dessus, les fascias, les méridiens, les tendons et les veines. On m'a emplie de sang, de bile, de mucus, de larmes. Et on m'a enveloppée de peau, saupoudrée de poils, les paupières toutes neuves de mes yeux se sont ouvertes, dévoilant les iris et, enfin achevée et bien réelle, j'ai découvert mon compagnon, seul au monde avec moi.

La première chose que j'ai vue, c'est son visage déformé par le dégoût avant qu'il ne tourne rapidement la tête. C'était moi qui lui inspirais ce dégoût, et il a supplié de ne jamais plus avoir à poser le regard sur moi. Parce que, jusqu'alors, il ne soupçonnait pas ce que recelait l'intérieur. Il s'était imaginé qu'une personne devait être aussi lisse et nette dedans que dehors. Il ne supportait pas le désordre, le chaos, le sang.

On n'avait plus besoin de moi. On n'avait pas envie de moi. Mais Lilith m'a appris un ou deux tours sur les rives de la mer Rouge. Lorsque Adam a refusé de coucher avec Ève, horrifié par l'assassinat d'Abel par Caïn, je suis venue à lui dans son sommeil. Lui croyait que c'était un rêve, mais il est le père de mon premier enfant.

Ils ne peuvent pas dire non. Tout ce dont j'ai besoin, c'est d'un moyen d'entrer. Le rêve, c'est la solution de facilité mais, dans ce cas, ils ne sont jamais au courant, ils ne se rendent même jamais compte qu'ils sont en mon pouvoir. J'ai besoin d'êtres comme Amanda. Elle dit qu'elle ne savait pas. Elle dit qu'elle ne voulait pas de moi. Mais je n'aurais pas pu entrer si elle n'avait pas voulu de moi. Ils voulaient tous de moi. Absolument tous.

Tous sauf Ed.

Et puis je me suis retrouvée assise sur le canapé de notre appartement. Par la fenêtre, j'ai aperçu un mur de neige en train de tomber. Il y avait des gens partout, ils bougeaient dans tous les sens, allaient et venaient d'une pièce à l'autre. Deux personnes prenaient des photos, quelques autres fouillaient l'appartement, furetaient sous la table et dans la bibliothèque. Quelle drôle de fête. Un homme m'a prise en photo ; la lumière vive du flash m'a fait tressaillir. Lorsque ma vision est redevenue nette, je me suis tournée vers la porte ouverte de la chambre. Où est Ed ?

J'entendais de nouveau distinctement. Au début, un brouhaha général, les bavardages de la fête sans doute, et puis j'ai distingué une voix plus nettement. Un homme était en train de me parler, il hurlait presque, directement à mon oreille. J'ai tourné la tête. Il était assis près de moi sur le canapé : un homme d'un certain âge, cheveux plaqués en arrière, costume bon marché, qui me parlait très fort.

« Pourquoi vous avez FAIT ÇA ? Vous aviez

une AVENTURE ? Est-ce qu'il JOUAIT ? Est-ce qu'il BUVAIT ? »

Chut, j'ai essayé de lui dire, pas besoin de hurler, mais ce que je disais était tout embrouillé et confus. Ma bouche ne m'appartenait pas complètement, encore une fois. En baissant les yeux, j'ai aperçu une tache sur ma robe, une grosse tache rouge et humide sur mon ventre. J'ai essayé de dire à l'homme que je saignais. Il m'a regardée attentivement déboutonner ma veste puis le haut de ma robe. Tout le monde me regardait ; si j'étais en train de me vider de mon sang, je devrais au moins pouvoir voir la plaie. Mais une fois le haut de ma robe déboutonné et mon ventre dénudé, la tache avait disparu. Ce n'était pas moi qui saignais.

« Ed », ai-je crié en sautant du canapé. « Edward ! » Tout le monde s'est figé pour me regarder.

« Où est-il ? »

Personne n'a répondu. Il sont restés immobiles autour de moi et m'ont regardée courir à la salle de bains, déserte, à la cuisine, déserte elle aussi, puis à la chambre.

Dans la chambre, il y avait du sang partout. Des éclaboussures sur les murs, des traînées par terre. Le lit en était imbibé. Du sang sur les draps de coton blancs que nous avions choisis ensemble un an plus tôt. Sur les oreillers en plumes d'oie que la mère d'Ed nous avait offerts à Noël l'année d'avant. Sur le couvre-lit en patchwork noir et blanc que nous avions chiné dans un marché aux puces du nord de l'État par un beau samedi ensoleillé trois ans plus tôt. L'odeur était écœurante. J'ai fermé les yeux en souhaitant que tout s'efface, mais, lorsque je les ai rouverts, rien n'avait changé. L'homme aux cheveux plaqués en arrière se tenait de nouveau près de moi.

« Pourquoi avez-vous FAIT ÇA ? Pourquoi l'avez-vous TUÉ ? »

J'ai gémi avant de vomir par terre. En redressant la tête, j'ai vu trois mots écarlates virant au marron tracés du bout du doigt sur le mur immaculé, au-dessus du lit :

J'AI GAGNÉ.

★

Un habitant de l'immeuble avait dû appeler la police, j'imagine. Ses cris avaient dû être terribles – notre plus proche voisin habitait deux étages plus bas. Avec l'aide d'un avocat commis d'office à qui je fichais manifestement une peur bleue, j'ai plaidé la folie et accepté d'être internée pour une durée indéterminée dans un hôpital psychiatrique.

J'ai d'abord poignardé une fille avec un de ces couteaux faits maison. Je ne sais pas pourquoi. Puis, à l'isolement, je me suis laissé pousser les ongles et j'ai attaqué l'une des gardiennes. Heureusement pour elle, elle n'avait jamais été jolie. C'est alors que j'ai été transférée dans le quartier de haute sécurité.

Elle s'amuse comme une folle là-bas, toutes les filles lui obéissent au doigt et à l'œil, elle couche avec l'une des gardiennes et peut-être l'un des psychiatres. Elle est comme un coq en pâte dans cet hôpital.

Lorsqu'il m'arrive d'avoir un moment à moi, et c'est rare, je m'allonge et je pense à Edward. J'essaie de penser à nos bons moments, à sa beauté, à ses cheveux blonds qui lui tombaient sur les yeux de cette façon si particulière quand il souriait. Et à notre chez-nous, notre vaste et magnifique loft. J'essaie de me raccrocher à chaque détail qu'il me reste de lui ; ses mains toujours impeccablement manucurées, la fine alliance autour du majeur ; le léger creux à l'endroit où son cou rejoignait la poitrine et remontait vers la clavicule ; sa maniaquerie ; il était tellement content quand l'appartement était propre et que chaque chose était à sa place.

Mais j'ai beau essayer, ce dont je me souviens surtout, c'est de la chambre dégoulinant de sang.

Évidemment, elle a lutté au début. C'est ce qu'ils font tous. Et puis ils entrevoient les possibilités et sont ravis de se laisser aller. Elle aurait pu continuer éternellement sa petite existence solitaire. Mais parfois, la vie vous ouvre les portes si grand qu'il n'est pas facile de dire non. Vous ne pouvez pas passer votre vie à dire non. De temps en temps, il faut dire oui et voir où ça vous mène.

★

Je suis à elle en permanence à présent et lorsqu'il m'arrive d'entrapercevoir le monde autour de moi, c'est à travers son regard, qui jadis était le mien. Une fois, il y a quelque temps, j'ai aperçu mon reflet dans un miroir. J'avais tellement changé, j'avais vieilli, mais j'étais vraiment plus belle. J'avais les cheveux épais, plus longs qu'avant, une peau laiteuse et sans défaut. La nuit, elle m'emmène sur la plage écarlate au bord de la mer rouge rubis, nous nous allongeons et elle me prend dans ses bras. Elle me dit que je suis belle, qu'elle m'aime toujours autant qu'avant, qu'elle veut toujours que nous soyons amies.

« Je ne te quitterai jamais », dit-elle avant de me donner un coup de langue. « Je t'aime, me dit-elle. Je ne te laisserai jamais seule. » Et c'est tout ce que j'ai toujours voulu, après tout : quelqu'un qui m'aime et qui ne me quitte jamais.

RÉALISATION : IGS-CP À L'ISLE-D'ESPAGNAC
IMPRESSION : CPI FRANCE
DÉPÔT LÉGAL : JUILLET 2017. N° 136807 (2030889)
IMPRIMÉ EN FRANCE